(上)信長と嫡男信忠の墓(京都市上京区寺町・蓮臺山《れんだいさん》阿弥陀寺)

(左)櫟野寺《らくやじ》の十一面観音(滋賀県甲賀《こうか》町櫟《いち》野《の》・日本最大坐仏・櫟野寺提供)

大原城址(滋賀県甲賀《こうか》町)

油日《あぶらひ》神社(滋賀県甲賀《こうか》町油日《あぶらひ》)

雲《うん》冠《がん》（観《かん》）寺《じ》跡《あと》
この寺跡は、山号を箱石山と称した天台宗の山岳寺院であり、雲冠（観）寺史料や口碑によると、当寺は推古女帝の勅願所として、同天皇六年（五九八）聖徳太子の創建された寺院であると言われている。

弘仁八年（八一七）に、嵯峨天皇の綸旨によって伝教大師が再建し、寺勢盛んな寺院であった。

承暦二年（一〇七八）に、山麓にあった牟礼山法満寺とたびたび論争があり、法満寺衆徒によって全焼した。

その後、僧正円上人によって再建された。

しかし、元亀二年（一五七一）織田氏の兵火によって全焼し、以後再建される事なく廃寺となったと言われている。

現在、寺域内にはわずかに昔を偲ぶ石仏、古井戸、石垣、石段が残存している。中でも、「正和五年三月」（一三一六）の刻名をもつ宝篋印塔の基礎（仏厳寺保管）は、貴重な遺品である。

平成七年三月
竜王町

雲冠《うんかん》(観)寺《じ》跡(信長に焼き討ちされる・滋賀県竜王町)

三尊石仏

雲冠(観)寺の三尊石仏《さんぞんせきぶつ》

北畠神社(国司館跡に造営されている・三重県美杉村上《かみ》多《た》気《げ》)

北畠神社の中

北畠氏館跡庭園(北畠神社提供)

庚申山広徳寺《こうしんさんこうとくじ》(滋賀県水口《みなくち》町山上《やまがみ》)

庚申山広徳寺境内

庚申山広徳寺の展望台から見る、甲賀《こうか》の里、鈴鹿連峰、右手奥に油日岳《あぶらひだけ》

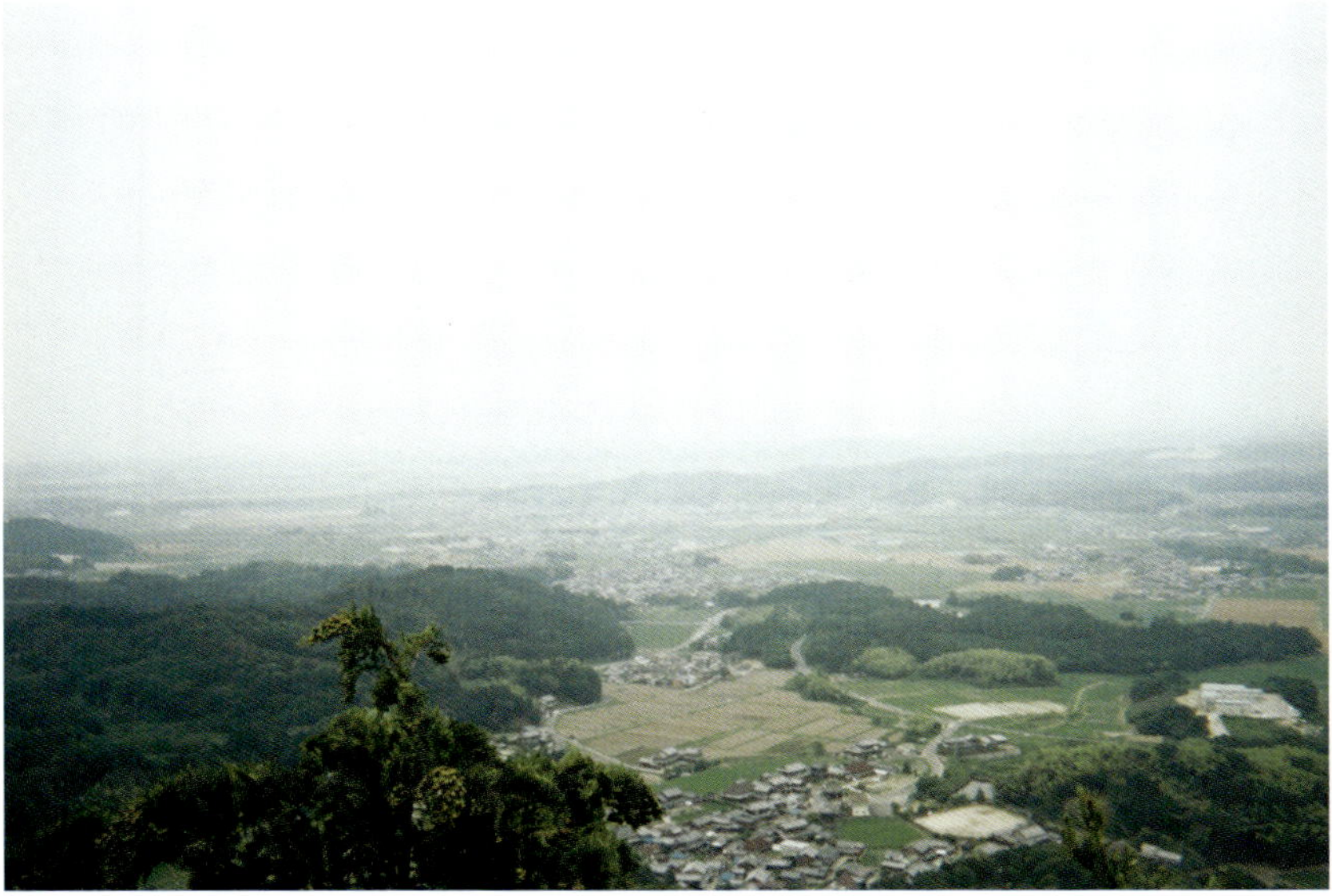

庚申山広徳寺の展望台から見る、水口町、琵琶湖方面

徳永寺（徳川家康が伊賀越えの折、休息した寺。その御礼にと寺に葵の御紋の使用を許した。右下に葵の紋の鬼瓦がある・三重県柘植《つげ》）

三瀬館跡
ここは伊勢国司八代北畠具
教卿の隠棲の地である。永禄
十二年（一五六九）具教は大
河内城において、北畠氏の総
力を挙げて織田信長の大軍を
迎え撃ったが、やがて信長の
三男茶筅丸（後の織田信雄）
を養子とする条件で和議を結
んだ。その後具教は 宮川筋
において、最も要衝であるこ
こ三瀬の地に館を築いて隠居
し 勢威の回復を図ったが
天正四年（一五七六）信長の
指令により、信雄のさしむけ
た刺客 て謀殺された。
館跡は緑止山の麓斜面を改
修して ほぼ三段にしつらえ
られているが、そのどこに居
住されて たかは明らかでな
い

三瀬館跡《みせやかたあと》（伊勢国司八代北畠具教《とものり》の隠棲《いんせい》の館・三重県大台《おおだい》町）

縁

―えにし―

櫻井雅子

文芸社

縁　えにし

もくじ

はじめに

人との縁《えにし》は人力を超えるもの。神のみぞ知る、人に与えられる試練である。普通、人はこれを自然に受け入れ歩んで行くが、時に、受け入れられないものも有り、道を踏み外《はず》す事がある。

今から四二〇年程前、京の本能寺では、ほぼ天下統一を成し遂げていた織田信長が、宿泊していた。そこで、くノ一に出会う。そのくノ一は、信長と反《そ》りの合わなくなっていた次男信雄《のぶかつ》との親子関係を気遣い、親睦をと懇願に参上していたのだった。が其の時、本能寺の変が勃発。明智光秀や、信長に恨み持つ武者等の謀反《むほん》による此の事件で、信長は自刃するが成仏できず、又、共に応戦したくノ一も討死《うちじに》するが成仏できず、二人は、暗闇で再会する。

信長は、信雄の事が心残りとなり、其れ迄、歩んできた過去を、くノ一と共に振り返る。そこには、信雄をはじめ、信仰上の師と仰いだ高僧、信頼《しんらい》に足る臣下等との縁《えにし》が、存在した。それ等を熟慮していった信長は、謀反されても仕方ないと考え始める。

一方、くノ一も、其れ迄、関わりのあった人物達との縁《えにし》で、彼女が先の事件で討死しても仕方ない人間だと信長に告白し、正体を明かす。

悔いて語り合う事で、絆が深まったくノ一と信長。

くノ一は、一体、何者なのか？

そして、二人は、其れ迄、関わった人々との縁《えにし》をどの様に考え、自らに審判を下したのだろうか？

【主要登場人物】（数字は登場年齢）

北畠《きたばたけ》　雪《ゆき》　(10)(16)(17)　織田信雄の妻

北畠《きたばたけ》　具教《とものり》　(42)(49)　戦国武将・雪の実父

織田《おだ》　信長《のぶなが》　(49)(36)　戦国武将

織田《おだ》　信雄《のぶかつ》　(12)(17)(18)(19)　戦国武将、信長の次男

隠《なばり》　るり　(23)(19)　伊賀忍者

隠《なばり》　圭介《けいすけ》　(26)(22)　伊賀忍者

隠《なばり》　仙衛《せんえい》　(53)　伊賀忍者、るりの養父・圭介の叔父

隠《なばり》　幸《こう》　(47)　伊賀忍者、るりの養母・仙衛の妻

滝川《たきがわ》　一益《かずます》　(45)　戦国武将、甲賀《こうか》忍者

油日《あぶらひ》　祥樹《しょうじゅ》　(17)(22)　甲賀《こうか》忍者

日承《にちじょう》　上人《しょうにん》　(74)　僧侶

【注】

N＝語り

T＝タイトル

○＝柱（場所の設定）

×××＝時間の経過

- 【　】内は背景映像が映る。同時にナレーションが流れる。
- 年齢は、子供から大人へ変わる場合と過去に戻る場合、その都度記載。他は、最初の登場時に記載する形で統一。
- 「甲賀」は俗称の「こうが」と広く読まれるが、本書では地名の正式読みでもある「こうか」と読むことにした。「こうか」の由来は次の通りである。敏達《びたつ》十三年（五八四年）秋、鹿深臣《かふかのおみ》が日本に仏教を広める為、百済《くだら》の石仏（弥勒菩薩《みろくぼさつ》）を持って来日した。その後現在の「甲賀《こうか》」の地で、鹿深臣は「かふか」と呼ばれ、そして後《のち》に「甲可」もしくは「甲賀」の字に変わった。したがって、「が」と濁らず「こうか」と読む。忍術研究家・柚木俊一郎《ゆのきしゅんいちろう》氏の御説を採る。ちなみに、『甲賀郡志《こうかぐんし》』（甲賀《こうか》郡教育会刊・大正十五年）に詳細に載っている。

● 織田信雄《のぶかつ》については、名前が茶筅《ちゃせん》から始まって四、五回変わり、北畠家への猶子《ゆうし》（家を継ぐ養子と異なり、一族の勢力拡大のための契約）で「北畠信雄」とも呼ばれた。本書では織田信雄で統一した。なお、「信雄」の読みについては、『信長公記《しんちょうこうき》』にしたがい「のぶかつ」にした。

● 信雄の子「秀雄」の読み方については、『寛政重修諸家譜《かんせいちょうしゅうしょかふ》』では「ひでお」、信雄は「のぶお」とあるが、『信長公記』の「のぶかつ」の読みにしたがい、「ひでかつ」とした。

● 信長が朝廷の儀式の為に建てた宮中小御殿「陣座」の読み方は、『信長公記』に従い「ぢんのざ」とした。

● 〝天主〟は現在、一般的に〝天守〟であるが、信長の頃は〝天主〟とも呼ばれ、『信長公記』には〝天主〟と記載されている。本書でもそれに従った。また、〝安土城天主〟とは、安土山頂部に建っている七階建ての建物をさす。

縁《えにし》

○山道　(夜)

早馬で駆けて行くくノ一るり。

○暗い街並　(夜)

T「京」

降雨の中、走って行くくノ一るり。

○某寺・廊下・中　(夜)

T「天正《てんしょう》十年(一五八二)、本能寺《ほんのうじ》」

息を殺し、控えている侍女姿のるり。

○同・部屋・中　(夜)

織田信長(49)が綾の小袖姿で起きている。

ふと、障子を開け、隠《なばり》るり(23)を見る。

信長「夜伽《よとぎ》を命じた覚えは無いが……」
るり「恐れながら、織田信雄《のぶかつ》様にお仕えする者でございます。内々でお話したい事が」
信長「（驚き）信雄に何かあったのか？」
るり「信雄様は御出陣の御命令が頂けず……」
信長「その話なら追って沙汰《さた》すると申せ」
るり「お願いでございます。信雄様とゆっくりお話して差し上げて下さいませ。伊賀の戦《いくさ》以来、いえ、前々から上様と御心が通えない事を悩んでおられました」
信長「甘えた事を……」
　信長、眉間《みけん》に皺《しわ》寄せ、るりを睨《にら》む。
　るり、ものおじせず決死の覚悟の態度。
　信長、冷静になり、るりに注目する。
るり「御無礼をお許し下さい。唯、上様は昔、北畠《きたばたけ》様を滅《ほろぼ》し遊ばした折、御息女、雪姫様と其御子《そのおこ》、秀雄《ひでかつ》様を助けておられる様なお優しい御方と伺い、もしや信雄様の事もお願い致せば、お聞き届け下さるのではと」
信長「余は彼奴《あやつ》に不平を言われる覚えは無い。伊賀攻めの失敗も尻拭《しりぬぐい》してやったのだ」
るり「体面がたてられたとて、信雄様の御心は却《かえ》って荒《すさ》んで居られます。他の御兄弟より御尊父様に御負担かけたと」
信長「子は沢山いれば一人の子のみに心は配れぬ。其《それ》に子は自分の分身でなく他人と同じ。自分に靡《なび》く子の方が心は通う」
るり、黙って聞き入る。
信長「彼奴《あやつ》が器量不足だから余に合わせるのが苦手なのだ。武将の子は武将として役立たねば……」
るり、溜息をついて、
るり「子の方でも親の思いが時に負担な事も有りますが、親からの言葉は嬉しいものです」
信長「言葉か…、ま、心を表わすには限界がある。子も領土と恩賞を与え身分を上げてやれば充分じゃ。家臣と同じじゃ」
るり「御家臣の方々も御不満はありますす」
信長「何！（眼をつり上げる）」
るり「皆殺し、放火に折檻《せっかん》、気に入らねば上様のお怒りは度を越して居られます」
信長「忍び風情《ふぜい》が、余計な事を」
　信長、険しい顔でるりを見る。
　るり、命を掛けた様な形相、懐剣を出す様な勢いに、臆する信長。
信長「其方《そなた》、其迄《そこ》言うとは、何者？　先程、北畠の話をしておったが……」
　小姓、慌てて走り込んで来る。
　銃声。寺をとり囲む騎馬武者達の音。
小姓「上様、謀反《むほん》でございます」
信長「何？　相手は？」
小姓「明智光秀と北畠の遺臣でございます」
　るり、胸が込み上げる様な顔。

信長、るりの横顔を再び見つめる。が視線を転じ、一点を凝視し冷静な顔。

×　×　×

イメージ（信長を前に正座する生前の日承上人《にちじょうしょうにん》(74)の姿）

×　×　×

信長、眼を閉じ深呼吸し外へ出る。

○同・部屋・外（夜）

庭に出て、槍や弓で応戦する信長。

だが、弓が切れ其《それ》を放り、部屋へ入る信長。

○同・部屋・中（夜）

戻る信長に、るり、織田家臣達、小姓達が控えている。

るり「お守り致します」

信長は首を横に振り、るりに力強く言う。

信長「其方《そなた》は逃げろ。（家臣等に）武者隠し迄進む。我が首を敵に渡してはならぬ」
るりは構わず小姓達、家臣達に付き頭を低くして進む。

○同寺・部屋・中　板戸部屋の前　（夜）

武者達と忍び達数名の中に隠圭介(26)。

圭介「信長公とお見受け致す。お命頂戴《ちょうだい》」
るり、小姓達、家臣達が信長を庇《かば》おうと前に立ちはだかり刀を構える。

圭介「あっ（動きが止まる）」

るり「圭介！」
圭介らが怯《ひる》む隙《すき》に、小姓等と家臣達数名が信長を取り囲む様にし連れ出す。
圭介等は追おうとするが、るりと残りの家臣達が遮《さえぎ》る。

圭介「どけ！　お前！（苛立ちと怒り）」
るり、無言で家臣達と共に戦う。
圭介、唇を噛み、るりと戦い続ける。

○同寺・奥の部屋・中（夜）

火が放たれる中、自刃《じじん》して果てる信長。

信長の魂が体から抜け出す。

○同寺・部屋・中　板戸部屋の前（夜）

外から煙が入り襖《ふすま》や柱が焼《や》ける音。

るり達と圭介等は戦い続ける。小姓は血まみれ。

他の忍び達、火薬玉の火縄に点火。

次々に爆発。所々《ところどころ》炎。

圭介「しまった……」

部屋は猛火で崩れ落ちる。

爆風で飛んだ茶碗の破片が首に刺さって、手足を火傷《やけど》しているるりを抱き

起こそうとする圭介。

忍び達、急ぎ退去の姿勢を示すが、

圭介「なぜだ…（悲しい声）」
　無言のるりを圭介は連れていこうとする。
るり「どうか……（渾身《こんしん》の力を込め）死んでも良い身……なのです」
　苦しそうなるり、息絶えて首を垂れる。
圭介「るり！」
　抱き揺らすがもう動かないるり。
　圭介、るりの両手を組ませ、涙ながらに、その唇を吸う。
　呆然としている圭介に火が迫り仲間の忍びに引きずり出され外に出る。
　るりの体から魂が抜け出る。

○同寺・外

　忍び達を含め整列する明智勢、北畠遺臣の中からそっと抜け出て消える圭介。

○暁《あかつき》の空

辺りを見回し彷徨《さまよ》う信長、

同じ様に見回しているるりを見つける。

信長「どちらへも我々は行けぬ様だな」

眼を潤ませ信長を見るるり。

○暗闇

信長「(しみじみ)本当に休む間も無く此迄《これまで》戦い続けて来た。が其間《そのあいだ》、子供の遺恨さえも気づかないできたとは……、北畠か……」

るりは信長に近づき励ますように、

るり「其の様な事はけして……」

信長「其方、信雄や余を気遣ってくれるが」

るり、慌てて首を横に振る。

るり「上様、違います。私、上様が思って下さる様な女ではありませぬ」

信長、小首を傾《かし》げ、るりを見つめる。
信長の心の声「もしや、其方は……」
信長から眼を逸《そら》し項垂《うなだ》れるるり。
信長、眼を閉じ顎に手を当て考え込む。

○本能寺の外

【明智家臣団と北畠遺臣達が急ぎ退場して行く】

N「天正十年六月二日、洛中で織田信長は明智光秀や北畠遺臣等の謀反《むほん》にあった」

○暗闇《くらやみ》

【沈思黙想《ちんしもくそう》する信長。るりも傍で信長を見守る】

N「変《へん》の後《のち》、成仏《じょうぶつ》できず信長の心の深淵に影を落とした、息子信雄《のぶかつ》とはどの様な男であったのか」

○タイトル

『縁（えにし）』

○某城内

T「永禄《えいろく》十一年（一五六八）九月、観音寺城《かんのんじ》」

【次々と入城して来る織田の武将達】

N「其時を遡《さかのぼ》る事十四年前、永禄十一年、信長は将軍義昭《よしあき》上洛援護の為、其を阻《はば》む六角《ろっかく》氏と、氏の居城・観音寺城を主力部隊に陥落させた」

○某城・部屋・中

T「永禄十二年（一五六九）八月、岐阜《ぎふ》城」

【地図を広げ武将等に指示をしながら話をしている信長】

N「甲賀《こうか》へ逃れた六角氏の他、更に近江畿内に居る武将等に油断出来ず、皇室と縁深《ゆかり》く利権を持つ南伊勢の名門公家北畠氏を押さえる必要があったのだが」

○某陣・中

T「信長の陣」

信長(36)腕《うで》を組み眼を閉じている。

信長「思ったより、手こずるのう……」

滝川一益《たきがわかずます》(45)が信長に力強く進言《しんげん》する。

一益「恐れながら、御次男、信雄様をまず北畠家の具房公の猶子《ゆうし》に入れられ、其妹で大守具教《たいしゅとものり》公の御息女、雪姫様と婚儀され、和睦と致します。そして、具教公には隠居して頂きます。此以上、織田軍の無駄死《むだじに》は後の戦に響きまする」

信長、眼を開き、しばし一益を睨む。

信長「相解《あい》った。近江や畿内の動きも気になるし、休戦じゃ」

一益、信長を見つめ静かに頷《うなず》く。

○某小城・広間（夜）

T「船江《ふなえ》城・北畠一族の拠点」

【信長、北畠具教(42)、一益等が列席。

美しい雪姫(10)と美顔で気高い信雄(12)が対座】

N「同年秋、船江《ふなえ》城で信雄と北畠具教の息女雪姫との婚礼が行われ、此時、信雄十二歳、雪姫十歳であった」

○某陣・中

T「信長の陣」

信長は一益に近づいて言う。

信長「信雄の後見役は津田一安《かずやす》だが、実質的には其方《そなた》が見守ってくれ、時に厳しくな。信雄は其方に懐《なつ》いていた故。よって安濃津《あのうつ》、渋見《しぶみ》、木造《こつくり》等近くの城を守って貰う」

一益「（神妙に）務めさせて頂きます」

一益、緊張しながらも嬉しそうな顔。

○戦場

【馬上で指揮し、織田武将等と共に戦に出る信長】

N「此以後、傀儡《かいらい》に過ぎない将軍義昭《よしあき》と信長は裏で対立している。信長は、義昭が裏であやつる、反信長同盟といわれる浅井《あざい》、朝倉、六角、三好、武田等と戦う。世に言う元亀《げんき》争乱であるが、天正の初め頃には信長軍が制圧し近江を平定した」

○某寺・部屋・中

T「元亀《げんき》元年（一五七〇）、甲賀《こうか》・櫟野寺《らくやじ》」

【一心に十一面観音像を拝む一益】

N「しかし此間、信長父子に忠誠を尽くす事を厭《いと》わない一益が思いも寄らぬ苦渋を強いられていた」

○某土塁《どるい》の城

T「大原城《おおはら》」

木々が繁《しげ》り土塁《どるい》で築いた城。

其前で立たずみ溜息をつく一益。

一益「許してくれとは言わぬ……」

一益、頭を下げている。

眼光鋭く野性的な美少年の油日祥樹《あぶらひしょうじゅ》(17)が静かに一益の傍に控える。

一益「其方、無事《ぶじ》だったか?」

祥樹「はい」

一益と祥樹、顔を見合う。

祥樹「甲賀五十三家の一つ、名家大原家の御一族という一益様が信長の命令で此を攻めねばならなかった事、御胸中お察し致します」

一益「信長公を主《あるじ》とした時、覚悟していた。六角氏を守るのが甲賀の務めであった故《ゆえ》。其方こそ山で迷った子猪《いのしし》を拾って飼う様な優しい子だったのを私が鬼にしたようだ」
祥樹「私は一益様にどこ迄も付いて参ります。其に信長は手荒いが本気で取り組む男と見ます。我々の技《わざ》を使わすならあの男かと」
一益、少しためらう様に言う。
一益「其方はいずれ信雄様に仕えて欲しい」
祥樹「信雄？　武士《もののふ》らしくないと聞きますが」
一益、説得する様に
一益「どんな御人にも良き所はある。其を伸ばして名将とするのが臣下の務め。案外、やり甲斐《がい》あるかもしれんえ」
祥樹、一益に仕方なく従う様な顔。

○某神社・中
T「油日神社《あぶらひじんじゃ》」
杉の木々で囲まれる荘厳な木造建築の屋根は桧皮葺《ひわだぶき》。門には左右廻廊が有る。広い白砂の庭に厳《おごそ》かにたたずむ本殿。広々とした中を一益と祥樹は歩く。

祥樹「久し振りに心が洗《あら》われる様です」

一益「此は甲賀武士の心の拠所《よりどころ》だからな。信長公も、此《ここ》を、崇拝なされて居られる」

祥樹「意外に信心深いのでしょうか?」

一益「さあ……。祥樹、二人だけの時は良いが、織田方へ入ったら、言葉は丁寧にな」

祥樹、不満そうだが一益を見て頷く。

一益「甲賀《こうか》に栄えあれ、さらば」

振り返る一益と祥樹、眼を潤ます。

○某川・中洲

T「天正二年（一五七四）九月、長島《ながしま》一向一揆討伐」

【中洲から川の辺《ほとり》に向かう多勢の農民達。手に農器具や刀を持つ老若男女が織田軍団の矢に射貫かれたり鉄砲に撃たれて死ぬ】

N「信長は近江平定はしたが本願寺一向衆との戦は続けていた。此戦は元亀元年に始まり天正八年に終結する迄、約十年の歳月を要するものとなった」

○某川・軍船上

近付く一益にも構わず信雄(17)は怒る。

信雄「此迄しなくとも女や老人に罪は無い」

一益「殺さねば我々が殺されます……」

信雄「父上は何を考えておられるのだ」

一益「武器を持つ信者等、偽《いつわ》りの信者です」

信雄、唇を嚙み、拳《こぶし》を握り叫ぶ。

信雄「北畠の義父《ちち》なら此様な事はせぬ」
　一益は険しい顔で信雄の口を塞《ふさ》ぐ。

○某寺・部屋・中
　T「京・信長の宿所」
【信長は老僧と互いに、にこやかに対話している】
N「此《この》老僧、日承上人《にちじょうしょうにん》と言い本能寺第十二代貫首《かんじゅ》である。本能寺は日蓮《にちれん》と縁《ゆかり》のある寺で法華宗《ほっけしゅう》。日承は伏見宮《ふしみのみや》家の出で信長に勤王《きんのう》と宗教の心を教えた人物である」
　日承上人(74)は突然、信長に確認するかの様に、
日承「此度《こたび》の一向衆攻め、又、叡山《えいざん》の焼き討《う》ち等、三十数年前、天文《てんぶん》の御世《みよ》に我が法華宗を焼き討ちした彼らへの報復ではあるまいな」
信長「違います。宗教者が武力を持ち信者を戦にかり立てる等、許せませぬ。又、

帝《みかど》迄も凌《しの》ぐ権力を持ち大名の力を操《あやつ》る等、笑止千万《しょうしせんばん》。たとえ山奥の古刹《こさつ》でも衆派の争い事が絶えぬ寺は焼《や》き討ち致して居ります」

日承、深く頷くが、静かに言う。

日承「叡山等の驕《おごり》、固執は他人事《ひとごと》ではない」

信長、小首を傾《かし》げる。

日承「人は皆、権力を握り偏狂になると周りの物事が理性的に受け入れられず、神仏をも冒瀆する行為をする」

信長、黙って聞いている。

日承「誠《まこと》の宗教とは人が苦しい時、救いを信じ心中で一心に祈るもの。心の拠所《よりどころ》じゃ」

信長「其様な姿勢の寺、神社、僧等は崇拝して居ります」

日承、慈悲深い眼差しで微笑む。

日承「我らが巡り会えたのも神仏のお導き」

信長「定められた縁《えにし》であったのか……」

日承「神仏も信仰も人力を超えるもの、浄土へ行けるのは、神の裁可《さいか》を潔《いさぎよ》く受け入れる事であろう」

信長、日承の顔を真顔で見つめ頷く。

○某館・中・茶室

T「天正三年（一五七五）、三瀬館《みせやかた》・具教の隠居所」

信雄(18)と雪(16)に具教が茶を点《た》てている。

具教「始めは恨みもしたが、今は信長公のお陰でこうして好きな茶を点て長閑《のどか》に暮らすのも一興《いっきょう》かと気づいたわ」

具教の点前《てまえ》をじっと凝視する信雄。

具教「昨年の本願寺衆との戦は辛かったそうだな。信雄殿は信長公とは違う様じゃ。（茶を振る舞《ふま》い）此方《このほう》が筋が良さそうかな」

信雄、嬉しそうに微笑み茶を飲み干す。

具教「此《こ》の国司の仕事には慣れられたか？」

信雄「(間を置き)はぁ、織田、北畠双方の家臣達が和して務めてくれて居ります」
具教「そうか…、其は良い」
　微笑みながら眼は笑っていない具教。
　雪が具教を見つめ胸つまる思いの顔。
　咳をする具教。
雪　「父上、お風邪でございますか?」
具教「大事ない。風邪がよく長引くだけじゃ。(座り直し真顔)私はな、其方達と孫の秀雄《ひでかつ》が仲良く幸せであれば其で充分じゃ」
　雪、眼を潤ませ、信雄も深く一礼する。
具教「ところで気掛かりな事もある。伊賀の国主仁木《にき》の事だが堕落《だらく》して居り治められるかどうか。彼奴《あやつ》が去ったとしても伊賀の国は中で争いが絶えぬであろう」
　具教の手が止まり、ふと考え込む様子に信雄、真顔で訴える。
信雄「伊賀の事、私が其内、治めまする」
　雪、信雄の横顔を見て視線を下げる。

○某城・部屋・中（夜）

T「田丸城《たまる》・信雄の居城」

疲れた顔の雪に信雄は真剣な眼で言う。

信雄「戦《いくさ》は終わっていない。又、起こるやもしれぬが、此地は、否《いな》、其方は私が守る」

雪、信雄に微笑むが項垂《うなだ》れる。

○同城・部屋・中

浮かぬ顔の信雄、ふと、謡《うた》い始める。

謡《うたい》の切れ目で信雄にそっと尋ねる雪。

雪「北畠の者達と何か？」

信雄、構わず再び謡い続ける。

雪、不満な顔で外へ出て気を紛らす様に木刀を勢い良く振る。

震動で床の間の生花《いけばな》の一本が倒れる。

信雄、微風があたり、床の間に眼を向ける。倒れた花に気付くと近寄り直す。
庭陰から信雄と雪を監視する祥樹(22)、布を口に銜《くわ》え笑いを堪《こら》え小声で呟く。
祥樹「逆転した方がええんやない、此夫婦《めおと》」
雪、木刀を構え、険しい顔。
雪「誰か居るのか？」
信雄「何事？」
雪「間者《かんじゃ》ならば討ち取らねば」
雪に見とれ打ち込まれるが躱《かわ》し庭先へ出る祥樹。二人は立ち合うがけりがつかず。感服の眼の祥樹。雪は厳しい顔。
信雄「其迄」
祥樹、信雄に鋭い視線、が控える。
信雄「何者じゃ」
祥樹「滝川一益様の命令で参りました」

信雄「(安堵)一益の？　(すぐに険しい顔)解った。我らの監視だな。もうよい、下がれ」

祥樹、一礼、が唇を歪め速《すみ》やかに下《さが》る。

雪「(気に掛かり)汗を拭《ふ》いて参ります」

○同城中・庭から少し離れた所

祥樹、雪に気付くと控える。

雪「其方、名は？」

祥樹「油日祥樹《あぶらひしょうじゅ》と申します」

雪「先程《さきほど》は済《す》まぬ。殿は辛い時もおありじゃ。此は敵陣でもある故。守って下され」

祥樹「(考えてから)雪姫様の為に……」

艶《なまめ》かしい眼と小気味良い笑みを浮かべた祥樹に見つめられる雪、一瞬、恥じらい頬に手を当てるが、踵《きびす》を返して戻る。去りゆく雪の姿を優しい眼で見る祥樹。

○同城・中・厨《くりや》近くの茂み

女の笑い声に引かれ、茂みの傍に潜《ひそ》む雪。

○同城・中・厨《くりや》の戸口の外

祥樹と侍女が戯《たわむ》れる様に囁《ささや》き合う。

○同城・雪の部屋・中

雪は急ぎ入り障子《しょうじ》を閉め座り込み落胆。

○同城・部屋・中

信雄はうるさそうに一益の話を聞く。

信雄「祥樹に聞いて参ったか?」

一益「祥樹ではなく他の者でございます」
信雄「(溜息)茶の湯や謡曲、和歌を義父上《ちちうえ》から手解《てほど》きを受けてる事も知っておるな」
一益「(厳しい顔で身をのり出し)其様な北畠家風に染《そ》まり武将としての働きが出来なくなれば返り討ちにあいます。此は敵陣ですぞ。其をお忘れなく」
信雄、一益から顔を背ける。

○某戦場

T「天正三年(一五七五)五月、長篠《ながしの》の戦《たたか》い」

【長く続く柵《さく》の中に整列した鉄砲隊が交替で武田の騎馬隊を打ち砕く。鉄砲隊を采配《さいはい》の一益や嫡男信忠の采配振《さいはいぶり》に信長も満足顔】

N「天正三年五月二十一日、長篠《ながしの》で武田勝頼軍と織田・徳川連合軍と対決。後世、織田鉄砲戦の代表として語られる程の戦であった」

○帰路（夕）

上機嫌で引き上げて来る信長軍。

信長は信忠《のぶただ》や家臣等と笑い合う中で元気のない信雄を見て顔から笑みを失う。

○岐阜城・広間（朝）

信長は家臣一同の前で、信雄に釘《くぎ》を刺す。

信長「信雄、顔に緊張感が無い。織田方であるのを忘れて居る。公家の様に軟弱《なんじゃく》な」

びくっとする信雄、だが心配顔の一益をよそに言い出す。

信雄「本願寺衆との戦《いくさ》といい今回といい、父上のやり方は残忍すぎます」

信長「（眼をつり上げ）なに？」

止めようとする一益の手を振り払う信雄。

信雄「罪もない信者迄殺し、鉄砲で一斉《いっせい》に馬迄も含め大量殺戮《さつりく》、叡山焼き打ちとて罪もない僧侶迄殺す、なぜでございますか？」
信長「戦死すれば浄土へ行ける等、偽《いつわり》を疑わず戦う信者も、堕落した叡山や本願寺衆の幹部に反発を感じない僧侶も皆、同罪《どうざい》だ」
信雄「父上は御自分に反する守旧派に憤りを感じておられるだけ。父上が戦好《いくさず》きで事を大きくして居られるのではありませぬか？　分《ぶん》も弁《わきま》えず。北畠も本願寺衆も各々の体制で成り立ち経済力も安定してますのに」
信長「空《うつけ》、本願寺衆も北畠も経済権迄は剥奪して居らぬわ。其所《それどころ》か保護しておるに」
信雄「……」
信長「旧来の慣習や既得権だけでは何事も発展できぬ。能ある者が公平に伸びられぬ」
　一益も他の武将も顔を上げ聞き入る。
信長「物事に聖域等ない。風通しが悪くなると、叡山の様に武力だ酒色だ、と悪業が蔓延《まんえん》する。大名も同じ。故に至る所で戦《いくさ》ばかりだ。六角と浅井、三好と松永、確かにお前が言う様に私は義昭公を担いで天下布武の野心の為、戦《いくさ》を続けたが、我々が近江《おうみ》を平定したから安定したのだ」

一益も武将等も力強く頷き、信雄を見る。

信長「そして宗教者が武力を持ち、不必要な経済力を持つ事に対して改革の矛先を向けたのだ」

一益も武将等も無言。だが信雄は言う。

信雄「旧来の体制には其だけの実績があります。破壊し新しくしても、人々が皆、ついていけるでしょうか？　先達《せんだつ》が営々《えいえい》と築き上げてきた慣習を壊す。宗教改革の事は納得も致しますが、私は勤王《きんのう》の心で旧来体制と文人派を通す北畠を買って居ります」

信長「解らぬのか、国々が旧体制の利権の追求だけで存在していては戦《いくさ》続きで増々、此国が乱れる。私が悪役となり統一し強固な国にしたいと願っておるのが……」

信雄を叩き、襟刳《えりぐり》を摑《つか》む信長。

一益「どうか御許しを。信雄様、謝罪を！」

　信雄、一益に押さえられるが怒り顔。

信長「(冷静)ちなみに鉄砲等、南蛮《なんばん》人が此《この》容赦無き武器を持っているというのは、一つ違えば、此国が乱れていたら、彼らが侵略して来るかもしれぬ。そうなったら帝《みかど》だの旧体制どころではない。対抗できるよう、一丸となった国とならねば。南蛮国同士も乱世だそうだ」

　信雄、一益、武将等も唯々、沈黙。

　信長、額に手を当て頭痛《あたまいた》そうな顔。

○田丸城・部屋・中（夕）
　不貞腐《ふてくさ》り扇を開いたり閉じたりする信雄に一益、説教する様に言う。
一益「だから申しましたでしょう」
信雄「言い込められたが、父は戦《いくさ》好きなのだ。近江平定の為、戦《いくさ》をし尽くして血を見るのを楽しんで居られるのではないか」

一益、黙って聞いている。

信雄「私は兄の様に迎合《げいごう》はせぬ。あの父のどこに人の気質があるのか」

一益、真顔で信雄を見つめ詰め寄る。

信雄「ついては行けぬ。一益、不服か？」

一益「どうか、此からの戦《いくさ》も参戦下さい。然為《さす》ればお館《やかた》様の事、徐々に解り信雄様がついて行きたいと思える日も訪れましょう」

信雄、扇を額に当て脇息《きょうそく》にもたれる。

○某大館《おおやかた》周辺

侍屋敷《さむらいやしき》、百姓家、商家の中心に大館在《あ》り。

Ｔ「多気御所《たげごしょ》・北畠政務所」

御所の左隣の庭園で雪と和《なご》む信雄。

深緑の木々の間から陽光。一面の苔。広い池に赤や黄の鯉が泳ぐ。枯山水《かれさんすい》と池泉《ちせん》観賞様式の庭。付近の山々を借景。

信雄「（深呼吸し小声）静かだな」

雪「乱世であるなど、嘘《うそ》の様でございます」

信雄「このまま、時が止まれば良いのに」

雪は物言おうと寄り添う、が、信雄は体を動かさず、じっと木々を見つめるだけ。

信雄「北畠信雄として生きられたら……」

雪は、ふと信雄の呟《つぶや》きに苦笑するが、

雪「前の様に抱いて下さりませぬのか？　どこか御体でもお悪いのでは？　此頃、お元気の無い御様子……」

求める雪をうとましそうに振り払う信雄。

信雄「済まぬ、まだ疲れがとれておらぬ」

雪、仕方なく引き下がり視線を下げる。

○同庭園の隅

庭石の陰で潜む祥樹、二人を見つめ、

祥樹「あの二人、絆が薄れてる様やな」

祥樹の姿は無く、木々の葉が風に揺れ空模様が変わり雷鳴。辺りが暗くなる。

○小御殿・広間・中

T「天正三年（一五七五）十一月初旬、陣座《ぢんのざ》・宮中小御殿」

【列座する公家衆の注目する中、書状を読む勅使の前で平伏している信長】

N「同年の秋、信長は右近衛大将になり、ほぼ天下人となった」

○某築城現場

T「天正四年（一五七六）」

【巨大な石等、運ぶ荷車。多くの作業人夫が侍の指揮の下で威勢《いせい》良く働く】

N「信長は岐阜城を嫡男信忠に譲《ゆず》り新たな拠点作りの為、安土《あづち》築城にかかる」

○三瀬館《みせやかた》・茶室・中

【具教が茶を点《た》て、其を飲んでいる雪】

N「一方、信長の隆盛とは逆に北畠三瀬館《みせやかた》では、或る事件が起き様としていた」

茶を飲み干す雪を手招きする具教、近づく雪の耳元に囁く。

雪「(驚き)武田と組んで織田を討つと?」

具教、唇に人差指を当て、雪に小声。

具教「私とて領民や家臣の為、和睦したが。最後の光芒じゃ。武人として挑みたい」

雪、肩を落とし項垂《うなだ》れるが、顔を上げる。

雪「勝算は有りまするのか?」

具教「上杉、本願寺衆、武田、毛利との新たな反信長同盟が出来て居る。其に加

われば勝《か》てるやもしれぬ。浅井、朝倉、六角と皆敗れたが、最後に勝者となり
笑うのは我らじゃ」
雪「信雄殿の事、如何なさる御所存ですか?」
具教「信雄とていつ心を翻すか解らぬでな。まずは内緒じゃ。然《しか》し万一私が討た
れたら」
雪「(首を横に振り)其様な事、私もお供を」
具教「其方は生き抜くのじゃ。秀雄の為にも北畠の血を絶やしてはならぬ」
雪「父上は私達の平穏を望まれたのでは?」
茶室の障子の敷居から脇差《わきざし》を出す具教。
具教「(脇差を振り)許せ。此でも卜伝《ぼくでん》流の剣豪。故に其方にも剣を伝《つた》えたであろ
う」
雪、頷く、が、憂うつな顔。

○安土城近くの寺・部屋・中

安土築城現場が庭先から見える。

信長、控える家臣の前で書状を放る。

信長「いずれこうなる事は解っていた。信雄に伝令を！　北畠を討つ」

信長、立ち上がり拳を握り鋭い眼。

○田丸城・部屋・中

複雑な表情の信雄を心配そうに見る一益。

信雄「到頭《とうとう》、来たな」

一益「（凝視して）お答えは唯一つのはず」

信雄、即答しない。一益に拗《す》ねる様に、

信雄「答えさせるのか、無理にでも」

一益、笑い出し信雄を驚かせるが、

一益「乱世ならこんな事は日常茶飯《さはん》でございます。深く考える迄もない事」

ムッとする信雄に一益、冷たい眼で、
一益「(淡々と) 私とて故郷、甲賀《こうか》を攻めました。上様の御命令で」

信雄、はっとして一益の顔を見つめる。

一益、辛そうな顔をして眼を閉じる。

×　×　×

一益、眼を潤ませて語る。

一益「甲賀武士同士が対立し、私の大軍勢に、六角様の残党と甲賀武士団二百余騎が、敗れたのです。(辛そうに眼を閉じ言葉に詰まる)唯、六角様が上様と和睦した為、私の一族の全滅は免れましたが……」

一益の頬に涙が流れ信雄も眼を潤ます。

一益、涙を拭《ぬぐ》い努めて明るく言う。

一益「武将なら何方《どなた》にも起こりうる試練です。具教公から売られた喧嘩《けんか》、迷われますな」

一益、信雄に厳しい口調で訴える。

一益に押され信雄も首を縦《たて》に振る。

○同城・庭先

笛の音《ね》に引かれて庭先から窺う祥樹。

祥樹の心の声「信雄に具教を殺させればあの女迄、殺す事になる（眼を潤ませる）」

○同城・雪の部屋・中

笛を吹く雪、人の気配に気づき手を止め傍で聞き入る幼子の秀雄を侍女達に渡す。

雪「秀雄を奥へ、皆、下がって良い」

秀雄と侍女達を下がらせる雪。

雪「祥樹であろう」

静かに雪の傍へ控える祥樹。

雪、溜息をつき、愚痴《ぐち》る様に話す。

雪　「其方《そなた》なら知っておるな。わざわざ事を起こさずとも。我が父だけに却《かえ》ってうとましい。其に北畠々々《きたばたけきたばたけ》という割に信雄殿も何を考えて居るのやら。男らしくなく腹が立つ」

祥樹は口をきかず、雪を見つめる。

雪　「男共は勝手じゃ。もう何もかも捨てて」

祥樹「捨てて、俺と此《ここ》、出よか?」

祥樹は雪の膝元《ひざもと》に迫り、顔を寄せ艶かしく微笑む。雪は恥じらう。

祥樹「冗談でございます。お許《わ》しを」

咄嗟《とっさ》に下がり、丁重に詫びる祥樹、雪に何か話そうとするのを止めて消える。雪は驚きながらも、顔は華《はな》やいでいる。

○同城・部屋・中（夜）

黙っている信雄を見つめ断言する祥樹。

祥樹「……実行せねばなりませぬ。上様の御命令には背《そむ》けませぬ」

信雄「仕方ない。病床に伏して居られるとか。風邪やもしれぬな。見舞うという事で」

信雄が眼を閉じ考え込むのを見る祥樹。

祥樹の心の声「信雄に殺させれば、あの女は此男を一生、恨むだろう」

冷たい眼を向けている祥樹に信雄は額に手を当て、弱音をはく様に言う。

信雄「北畠者になりたいと思う己れと、一方では織田の父が気になる己れとが居る。父の激しさに反発しながら其に歯向かえない。なぜ、あの父に生まれたのだ……」

信雄、拳で脇息《きょうそく》を叩き続け唇を噛む。

祥樹、信雄を一瞬、哀れむ眼で見る。

祥樹、静かな眼で信雄に小声で言う。

祥樹「細かな算段をお話しします。お耳を」

真顔の信雄に近寄り祥樹も真剣な顔。

○同城・部屋・中

信雄、雪に何気なく話す。

信雄「北畠の庭では心が和《なご》む。其方《そなた》なら尚更の事だろう。又、秀雄とでも行くが良い」

雪、微笑み頷くが、信雄に尋ねる。

雪「殿は御一緒では？」

信雄、無言で軽く首を横に振るが、

信雄「（取り繕う）戦《いくさ》で紀州《きしゅう》の方へ行くかもしれぬ故……」

雪、不自然な物言いの信雄を見つめる。

具教の声「信雄とていつ心を翻すか解らぬでな」

雪、信雄を見つめ続け平静にする。

雪「では、そうさせて頂きます……」

雪と信雄は訴え合う様に見つめ合う。

雪は一礼し信雄を背に険しい顔で歩く。

○安土城近くの寺・部屋・中

信長、一益に詰め寄る。

信長「大丈夫であろうな、信雄は？」

一益「北畠で此方《こちら》の軍門に下って居る者三、四人で討ちます。いくら剣豪《けんごう》とはいえ、多勢でかかれば……」

信長「相解った」

信長、眼は鋭く一益も唇を引きしめる。

○三瀬館・部屋・中

具教、起床するとくしゃみする。

人の気配に具教は剣を持ち構える。

眉間《みけん》に皺《しわ》を寄せる具教、首を傾げる。

○同館・茶室・中（朝）

T「天正四年（一五七六）十一月下旬」

三、四人の武士が和《なご》やかに見舞う。

白い着物に上着被《はお》る具教(49)、顔を伏せ、

具教「病《や》み上《あ》がり故、此様な姿じゃ。許せ」

武士達は斬りかかり具教は血を出し息絶える。確認して即刻立ち去る武士達。

○多気御所界隈《たげごしょかいわい》（夜）

信長、一益、信雄等の軍隊が到着。

一益軍の火薬で御所、其《その》山上の霧山城《きりやまじょう》、家や沢山の寺が炎上。辺り一面火の海。

○同御所・中・廊下（夜）

家臣と脱出する雪は愕然。

雪「其でも信じたかった……」

崩れ落ちそうな体を奮い起こす雪。

○某小館・中（夜）

T「東御所《ひがしごしょ》」

男の様に袴《はかま》姿に替え、刀を持ち戦う雪。力つき自刃しようとする雪に武将が、

武将「お助けせよとの上様の御命令なので」

雪から刀を奪《うば》おうとする武将。

雪「私は北畠雪じゃ！　討て！」

武将に桜の木に縛られ猿轡《さるぐつわ》される雪。

○東御所《ひがしごしょ》・外　（夜）
子供の泣き声にはっとする信長。
信長、頭を抱《かか》え何かを思い出す様な辛い顔、が、ふと、信雄の辛そうな顔を見る。
信長「秀雄を助けたか？」
驚き顔の信雄に信長、決まり悪そうな顔。
信長「織田家の血筋じゃ、助けろ」
二、三名の家臣らに叫ぶ信雄。
信雄「誰か、秀雄を、頼む！」
不可解な顔ながらも、信雄は自然と信長に微笑む。
○東御所《ひがしごしょ》・桜の木の下　（夜）
一人残され縛られている雪、炎上する御所を見て、頬に涙が伝っている。
信雄の声「北畠信雄として生きられたら……」

絶望の淵《ふち》にあるかの様な雪、無表情。

雪の心の声「信雄殿、其方とは悪しき縁《えにし》でしかなかったのじゃ……（怒り声）」

縛られている縄を白狐《しろぎつね》がかみ切り手が抜ける雪(17)。白狐は去り合掌する雪。

山中へ走り出す雪。足を止め振り返り炎上の御所を見る雪の顔が段々安らかに変わっていく。

○同御所・桜の木の傍（朝）

戻る武者達、肩を落とし首を横に振る。

焼け跡に立たずむ信雄、放心状態。

泣き濡れる秀雄に思わず近づく信雄。

信雄の心の声「此子は必ず守り抜かねば」

秀雄を抱きしめる信雄(19)。

○東御所《ひがしごしょ》と多気御所《たげごしょ》 辺《あたり》

【一面が焼け跡。煙が残る中、多くの侍達の屍《しかばね》。折れた北畠四ッ菱《よつびし》紋の旗】

N「此に二百四十年余り続いた名門北畠家は滅亡した。時に天正四年十二月四日の事であった」

○安土城天主・大広間・中

T「天正六年（一五七八）正月」

【信長の前で平伏《ひれふ》す親族、家臣一同】

N「其から二年後、安土城もほぼ完成され、信長は親族、家臣等を集め祝賀会を行った」

○同城天主・三階座敷・中

信雄、一益と襖に描かれた狩野永徳《かのうえいとく》作で金箔《きんぱく》に鳳凰や龍虎の絵を見ながら、

信雄「桃源郷の様な、心が癒《いや》される様だ」

一益「御幼少より御尊父信秀公御薫陶《くんとう》の下《もと》、戦続《いくさ》きの世の中を早く統一をと願われたとの事。戦い続けて来られた末、心底から泰平を求めておいでになる上様の御心では」

信雄「人の心もあったのだな、父上なりに」

信雄は三階から下に見える舞台に注目。

信雄「あそこで舞いたいものだ」

一益が止めるのも構わず降りる信雄。

○同城天主・二階・舞台

地階から三階迄、吹き抜けの中、信雄の美声の謡《うたい》が響く。華麗に能を舞う信雄。囃方《はやしかた》も、いつしか伴奏に参加。

三階で全員が拍手喝采《かっさい》の中、信長は顔を顰《しか》めながらも優しい顔にもなる。

○暗闇

信長は、るりに後悔する様に言う。

信長「思えば具教公は信雄に多くの事を授《さず》けて下さっていたのだ。余では彼奴《あやつ》にあれ程のものを残してやれなかった、大いなる文化を持っていた北畠、潰《つぶ》してさぞ雪姫は憎んだであろう。余や信雄を……」

信長はるりに謝罪する様な眼差し。

るりは俯《うつむ》いているが、顔を上げる。

るり「でも雪姫様は其程、憎んでいらしたでしょうか？　むしろ色々なしがらみから解き放たれ初めて自由になられていたのでは」

信長、るりに向かって小首を傾げる。

るり「私も煩《わずらわ》しい実家を捨て山中で倒れてた時、伊賀忍びに助けられ忍びの修業をし、其間、生き生きと自分らしく過ごせたんです」

るり、懐しそうな眼で遠方を見つめる。

○山中《さんちゅう》　（夕）

T「天正六年（一五七八）」

隠圭介(22)と立ちあいの稽古《けいこ》のるり(19)。

圭介、るりの刃さばきに見入る。

圭介「見事や」

汗を拭い微笑むるりを見つめる圭介。

○竹藪《たけやぶ》　（朝）

竹藪を風の様に走り抜けるるりと圭介。二人は止まり、肩で息をし、笑い合う。

圭介「走法は忍術の要《かなめ》や」

○竹藪から離れた所　（朝）

るり、吹き矢を出し花二本に命中。

　圭介の髪に一本さし自分の髪にも差す。
圭介「出会った頃に比べたら日焼けしたな」
　圭介、るりの顔や項《うなじ》に眼を遣《や》る。
るり「圭介が隠家に連れてきてくれなんだらどうなっていたか」
圭介「(照れ臭《くさ》そうに)忍びの素質ありそうやったから。多助も戦《いくさ》による孤児やし、……お前、剣の術が見事やけど……」
　るり、黙って返事をしない。
圭介「落城した家の縁者《えんじゃ》とか、武門の出?」
　るり、微笑んで横に首を振る。
圭介「恨みを晴らしたいなら力貸すわ」
　るり、遠方を見つめ穏やかに言う。
るり「今の暮らしが一番。他人四人が真の家族の様に暮らしている。戦《いくさ》や争いは嫌……。其にこうやって忍びの修業をしていると(小声)思いを寄せる人とも居られる様な……」

圭介「えっ？（眼を輝かせて）」

るりに優しい眼を向ける圭介。

るりに尋ねようとするが止《や》める圭介。

るり、眼を遠くにやり虚《むな》しそうに呟く。

るり「親殺し、子殺し、兄弟殺し、乱世というだけで。いえ人の世はいつもそうなのかもしれぬ。又此《ここ》でも不隠な事が起きそうな……」

圭介、寂しそうなるりを引き寄せ様とするが、るりに離れられ顔を曇らせる。

○空

暗雲が横たわり、陽光が消える。

○山中

T「伊賀《いが》」

【伊賀侍同士、武装して対峙し戦い合う】

N「先年具教が懸念した様に暴君仁木が追放された後、伊賀侍同士が小競《こぜ》り合いを起す様になっていた」

○某城・部屋・中

T「松ヶ嶋《まつがじま》城・信雄の居城」

【地図を広げ信雄は顎《あご》に手を当て考え込んでいる】

N「予《かね》てより伊賀に野心を持つ信雄は此状況を見逃《みのが》さなかった」

一益が入り控えると信雄、手招きし、

信雄「ちと、話したい事があってな」

一益、真顔で信雄に近づく。

信雄「ここらで、父とは違う私なりの武将としての力を認めさせたいのだ」
一益「どの様になさるおつもりですか？」
信雄「伊賀じゃ（地図を扇で指し示し）」
　信雄、一益に身をのり出し話し出す。
信雄「此の要地に城を築き、制したい」
一益「一応、上様に御相談なされては？」
信雄「一々《いちいち》、父上のお説はきかぬ。とっくに独断で私は何事も決めておるのだから」
　一益、小首を傾げて信雄を見る。
信雄「伊賀攻めに武将の才《さい》を、いや北畠の父の思いを果たして差し上げたい」
一益「具教公の意向ですか……」
　一益、肩を落とし情けなさそうに呟く。
　信雄、ふと、くすりと笑う。
信雄「父上は初め、甲賀《こうか》攻めは切り捨てたというが、尻ごみなされていたのでは……？」

信雄に一益はムッとする、が落ち着く。

一益「甲賀《こうか》も伊賀も、いえ忍びというのに、正面から武力で挑むのは怪我《けが》をします。鍛練された武術と忍術を持って居りますし、気質も誇り高く……」

信雄「惣《そう》とかいう自治共和体制を彼らが保って居るというのであろう。だが父上の話ではないが各々が独自の利権を固持しあえば小競《こぜ》り合いが始まる。誰かが治め支配せねば」

一益「何事も糧《かて》となります。御存分に」

信雄をつき放す様な顔で見る一益。

○隠家《なばり》外観

こじんまりした伊賀忍びの住まい。

○隠家・部屋・中（夜）
　圭介と隠仙衛《なばりせんえい》(53)が話し合う。
仙衛「信雄め、城を築かせ我らの上に君臨しようとは。北畠様の様に年貢も低くして下さり、我らを保護して治めて下さるのとは違う」
圭介「絶対、阻止してやる、叔父上」
　圭介、仙衛は手を握り合い力強く頷く。るり、隠幸《なばりこう》(47)、隠多助《なばりたすけ》(10)等も頷く。

○山中
T「天正六年（一五七八）十月下旬」
【山道を俊足で進軍する忍び装束《そうぞく》に軽武装の圭介等、伊賀衆に敗走の織田軍団】
N「此戦《いくさ》は第一次伊賀天正の乱へと向かう序盤戦でもあったが伊賀衆を甘く見て掛かった信雄の挫折は大きかった、然《しか》し……」

○松ヶ嶋城・部屋・中
気落ちして扇を開いたり閉じたりしている信雄。
信雄「たかが忍びに……」
一益、そっと控えている。
一益「はい、たかが忍び、されど忍びです」
信雄、険しい顔で一益を見るが俯《うつむ》く。
一益「上様に援軍をお願いされてみては？」
信雄「此は私の領地じゃ、父上には関係ない。其に負けられぬ。弟の信孝までも先の播磨《はりま》の戦《いくさ》で手柄を立てた故。次は私も出陣じゃ、我が力で制す（憤然と）」
頑《かたくな》な信雄に、一益も視線を下げる。

○某寺・部屋・中　（朝）
T「天正七年（一五七九）九月中旬、平楽寺《へいらくじ》・伊賀衆の陣」
伊賀衆が待機《たいき》している中へ圭介ら若手忍び達が憮然《ぶぜん》として入って来る。

圭介「信雄軍は約八千、十五日に城を出て十六日には長野峠からこっちへ侵攻や」
仙衛「其にしてもあのままでは済まぬと思うた。以前、浅井、朝倉に敗走しても最後は勝利して居る故。織田の戦《いくさ》は負けで終わらせない所があるよって」
圭介「でも、勝てる思うてるのか身の程知らずや、俺ら戦《いくさ》の玄人相手に阿呆《あほ》か、信雄」
るり、頷き怒りが込み上げる様に言う。
るり「性懲《しょうこ》りもない、止《や》めればよいのに」
るりを窺いじっと見る圭介と仙衛。

○山中

T「長野峠」

【圭介、るり等伊賀衆は山に穴や石山、木を使い罠《わな》を仕掛ける。
幾つかの小部隊となり罠を利用して信雄軍に襲《おそ》いかかる。信雄、僅《わず》かな兵と共に逃げ去る】

N「又もや信雄、伊賀衆の山岳ゲリラ戦法に対し大敗北」

○某山裾

【多くの死傷兵の出る中、一人の武将が奮戦しながら突き進むが、伊賀侍数名に槍で突かれ倒れて果てる】

N「今回、名将、柘植《つげ》三郎左衛門を失うという大きな痛手を負った。
此が世に名高い第一次伊賀天正の乱である。時に天正七年九月十七日の事であった」

○松ヶ嶋城・部屋・中

信雄、途方に暮れ何かを思い出す様な表情。

×　×　×

イメージ（信雄にムッとする一益の顔）

×　×　×

絶望的な表情の信雄、両手で頭を抱える。

信雄「父上は知っていたのだな、忍びの事を……。聞こえておるな、あぁ」

○某寺の陣・中

T「山崎・信長の陣」

信長、信雄をじっと睨《にら》み、怒りが込み上げ、蹴りとばす。

信長「恥曝《はじさら》しめ！（怒りを込め）」

信雄、姿勢を戻しひたすら平身低頭。

信長「ケチな北畠者に西方の戦《いくさ》は浪費だから手近な所でと丸め込まれたか？」

信雄「いいえ、其様な事は。北畠の者として伊賀を納める者として、私の一存で……」

信長、舌打ちしはがゆそうに叫ぶ。

信長「本当に、余計な事をしおって《てう》！」

今にも信雄を手討ちにしそうな勢いの信長。

信雄、拳を握り体が震え出す。

信長「不肖の息子か、織田の行末は危ういと諸国にふれたも同然。信忠、信孝はそんな事はせぬ。お前とは親子の縁を切りたいわ」

唇が切れていて、憎しみの表情の信雄。

傍で控えていた一益、信雄を庇《かば》う。

一益「申し訳ございませぬ。全て私の責任。恐れながら、上様が伊賀攻めの折には、私もお供を、何卒」

信長、気持ちを落ち着かせる。

信長「四方八方から閉じ込める様にして潰すしかあるまい。おのれ、伊賀者め」

信長、悔《くや》しそうに遠方を見つめる。

唯々、息をひそめているしかない信雄。

○同陣・中（夜）

一益《いち》の前で、落胆の顔を隠《かく》せない信雄。

信雄「一風流人として過ごせたら、どんなに良いか……」

一益「今、逃げたら敗残者ですぞ。負けても必ず巻き返す、織田流戦法を貫きなされ」
信雄「父に頼って勝っても何もならぬ」
一益「あれ程の信念でなされたのですから、とにかく、勝つ事を考えましょうぞ」
　信雄、恨《うら》めしそうに、拗《す》ねて物言う。
信雄「所詮《しょせん》、其方も父と一つ穴のむじな」
　信雄に詰め寄り真顔で告白する一益。
一益「上様は心の大きい御方です。誰にでも過ちは有ります。私にも……、織田にお仕えする前の事です。
叔父の妾《めかけ》と通じたのが解り手討ちを受けるはずが逆に返り討ちにしてしまった事がありました」
　信雄、意外な顔で一益を見つめる。
一益「でも上様は、私の忍びや射撃の術だけに注目なされて、過去には触れられませんでした」

信雄、項垂《うなだ》れる。

一益「肩の力をお抜きなされ。上様にも頼られ、今度は私も祥樹も全面的に働かせて下さい。皆で総力あげて、信雄様の勝ち戦と、後世語られる様に致しましょうぞ」

信雄、顔を上げ拳を握りしめる。

信雄「そうだな、北畠の者達への手前もある」

信雄は頷き、一益と手を握り合う。

○安土城外観

T「其から二年後、天正九年（一五八一）」

絢爛豪華《けんらんごうか》な七層の建物の天主。城の麓《ふもと》には寺や神社がある。

○同城天主・五階部屋・中

八角形の部屋の天井には金箔《きんぱく》に天女の絵が描かれ、壁面には釈迦説法図《しゃかせっぽうず》の絵。周囲を見つめうっとりしている一益に上機嫌で話する信長。
信長「福地や耳須《みみす》等、伊賀の主なる武将を内通させたとは、でかしたぞ、一益」
一益「恐れ入ります」
信長「北畠攻めでも具教の弟、具政《ともまさ》の庶子を養子にし、元々弟の離反という火種《ひだね》に油を注《そそ》いだのだったな、流石《さすが》に忍びの出じゃ」
一益は、恐縮し頭を下げている。
信長「昔、長島一向衆攻めでは伊賀衆に酷《ひど》い敗北をした。お陰で兄弟や忠臣を多数失った。此で積年の恨みを晴らせるが……」
信長、ふと天井の天女の絵を見て、
信長「此は夢だな。又もや戦だ……。昨年やっと本願寺衆との戦《いくさ》も終結し、此《ここ》で戦で荒廃した民の心に宗教への思いを高めれば泰平の世へと人は導かれる、と余なりに思ったが」
一益、考え込むが頭を上げ、
一益「其で上様の御神体を御生誕日《ごせいたんび》に民に参拝させまする、あれは民が宗教心を持つ機会をお与えになる、上様の演出でいらしたのですね」
信長「いや、民が苦しんでる時、救いや幸《さち》を与えるのが神だから、余は民に幸や救いを授けておる故、余が神でも良いはずじゃ」
一益、小首を傾げる。
一益「上様は宗教者が武力を持ち政《まつりごと》に口出ししない様にと制裁をなされたはず。叡山だけでなく法華宗迄も。でしたら上様御自身が神仏に関わるのは、政教分離の上様のお考えに反するのではありませぬか？」
信長、舌打ちし苛々《いらいら》して話す。
信長「故に此は軍事の砦《とりで》に使う城ではない。寺社もある宗教的な城じゃ」
一益「(小首を傾げて)上で戦《いくさ》の話もしながら、下では盆山の間《ま》という上様御神体の部屋がある、どうも解《げ》せませせぬ」
信長「(怒り) 控えろ。信心深い其方だから聞き流すが他の者なら手討ちじゃ」
一益「申し訳ございません (畏まる)」
すぐ下がり平身低頭の一益に信長興奮。

信長「泰平の世が近い時に伊賀者め、しぶとく楯突《たてつ》いて、徹底的に叩いてやる」
一益、控えながらも信長に鼻白《はなじろ》む。

○松ヶ嶋城・小部屋・中

一益、祥樹に小声でそっと呟く。
一益「上様はお変わりになられた。信雄様のお気持ちも解らぬではないな……」
黙って一益の顔を窺う祥樹に一益訊《き》く。
一益「今でも信雄様の事、心もとないか？」
祥樹「(間《ま》を置き)いいえ、初めは私、両親もなく養父の許《もと》で辛い忍び修業を致しました故、苦労もなく領主に就かれている御方等《など》御免だと反感もありました」
一益、じっと祥樹を見つめ聞き入る。
祥樹「でもあの方のお立場も辛いものだと思います。かなわぬ親にいつも比べられて、私等は楽な立場です」
一益「二世の辛さは計《はか》り知《し》れないものでもある」

祥樹「今は苦しみのあるあの方を支えたいと、いやついて行こうと思います」
一益「上様が統一なされたとはいえ、此先《このさき》何が起こるか解らぬ様な時は、信雄様の様な際立った武将でない方が敵が少なくて済む」
祥樹「上様と何か？　近頃、暴君ぶりが過ぎるとかいう噂《うわさ》を耳にしますが……」
一益「噂を鵜呑《うのみ》にしてはならぬ。いや、良いのや。唯、伊賀攻めは厳しくなりそうや」
　一益も祥樹も緊張感のある顔で見合う。其以上話さない一益を察する祥樹。

○松ヶ嶋城・外
【信雄と信雄家臣団が祥樹等忍び軍団と戦いの演習を行う】
N「今度こそ、負けまいと、信雄と家臣等は、祥樹ら織田方甲賀衆から軍事訓練を受けるのである」

○伊賀国境

T「天正九年（一五八一）九月下旬」

【信長を先頭に多くの武将と家臣団が進軍してくる】

N「信長の怒りは凄《すさ》まじく五万の大軍で六つの国境から進軍した」

○某砦《ひじやまとりで》・中

T「比自山砦」

【織田軍団に皆殺しされている伊賀侍達、女の悲鳴、辺り一面炎上。火がつき苦しむ人々】

N「流石《さすが》の伊賀衆も抵抗むなしく比自山砦《ひじやまとりで》では、信長軍の皆殺し作戦に合い、目も当てられぬ惨状と化していた」

○山中（夜）

【足を引きずり杖をついている忍び、励ましながらも苦しそうに降りていく圭介達】

N「深手を負った者等、疲れた姿で圭介等若手忍び達は南へ落ち延びたのである」

○某城・広間・中（夜）

T「柏原城《かしはらじょう》・伊賀衆最後の砦城《とりでじろ》」

　るり、仙衛、幸、多助ら伊賀衆の集まる中、圭介等が疲れた姿でやって来る。

圭介「比自山は酷《ひど》い（顔を背《そむ》け溜息）。だが討死《うちじに》しようと戦う者、やるだけやって生き延び、親や友と別れた者、北畠の遺臣等も戦っていた」

るり「北畠……」

　合掌するるりを見る圭介、仙衛、幸等。圭介、額に手を当て足がふらつく。

るり「此は比自山の様にはならぬ。圭介、私は貴方《あなた》の分迄戦うから、此は休んで」

圭介「いや、此で一矢報《いっしむく》いたる」

　倒れそうな圭介を支えるるり。

　るり達、他の伊賀衆、子供達、男女が刀、手裏剣、槍等を取り、「えーいえーい、おー」と大声を出し戦意を高める。

○同城・広間・中（夜）

一面横たわる負傷者で埋めつくされる。疲れ切った顔のるり、幸等女達は怪我《けが》人の手当てをしていると、其時、

るり「危い！」

るり、幸を庇《かば》い火矢を躱《かわ》す。

燃え出す城の中、皆で火を消し合う。銃砲の音、敵味方、双方で撃ち合う。

○同城・広間・中（夜）

圭介、るり等、一同、軍議をする。

圭介「向こうが火戦《ひいくさ》で来るなら此《こ》ちらも」

叫ぶ圭介に、るり等一同が頷く。

るりと圭介、炭に火薬を仕かけ、酒樽に薬を入れる。

○某陣・中（夜）

T「信雄の陣」

行商に扮《ふん》して訪れる圭介とるり、

信雄を中心に兵士達が和《なご》む所に入る。

圭介「大和の商人《あきんど》でございます。酒や炭、どうどすか？」

るり「夜は冷えます、さぁ」

るりから炭を買う兵士達は暖《だん》を取る。

圭介「長戦《ながいくさ》で大変どすなぁ……」

るり「でも勝ちは決まった様なもの。此《これ》飲みはって、ゆっくり休んで下さい」

怪しい素振りも見せず、圭介とるりは兵士達に酒をふるまう。

信雄の傍でるりをじっと見る祥樹。

祥樹「女は雪様にどこか似て居ります」

信雄、半信半疑でるりを見つめる。

信雄「真逆《まさか》、あの様に逞《たくま》しい女ではない」

思いも寄らないという顔の信雄。
祥樹、首を傾げるが一応頷く。
× × ×
皆が寝こんでいる間、炭を取り替え点火する圭介とるり。忽《たちま》ち炎上。
祥樹「しまった、不覚だった」
信雄「気が緩《ゆる》んで火の用心が手薄だった」
祥樹「私とした事が、忍びの撹乱戦術《かくらんせんじゅつ》です」
信雄「許さぬ、伊賀者め、総攻撃じゃ！」
祥樹、拳を握り、咄嗟《とっさ》に陣から走る。

○平地（夜）
走る祥樹、圭介とるりに追いつく。
るりは祥樹と戦おうとする。
圭介「構うな、行くぞ！」

圭介は猛速度《スピード》で走り去るが、祥樹はるりを逃がさない様、刀で立ち合うので、るりも戦うと祥樹は其刀の振《ふり》に注目。

月が雲間から顔を出す。

祥樹の姿が照らし出され艶《なまめ》かしい目も照らし出され、はっとして見つめるるり。が、るりは走り去る。追わない祥樹。

○柏原《かしはら》城・広間・中（朝）

銃撃戦、斬り合いが続き伊賀衆の命懸けの奮戦に苦戦をしいられる信雄軍、鉄砲隊がのり込み、一人ひとり狙《ねら》い撃つ。るり、仙衛、幸にも銃口が向けられる。るりを庇おうとする仙衛と幸。

仙衛「我々は長くはない、其方は生きよ」

るり「そんな、私も」

仙衛「北畠様では？」

幸　「どうか、生きて」

るり、首を横に振り二人の前に出ようとするが銃声と同時に押し倒される。
静寂。るりは体の上の二人を見る。
二人の死を知りるりは絶句、立てない。
圭介、多助を連れて入って来る。
圭介「織田軍が退去する、一矢報いたわ」
走り寄る圭介に、るりは泣き崩れる。

○柏原城下
【焼け跡の続く町並。伊賀侍、女、子供の屍。折れた織田木瓜《もっこう》紋の旗】
N「信雄達も伊賀衆も皆、相討《あいう》ちの様な惨状だったという」

○某陣・中
T「北出《きたで》・信雄の本陣」
【信雄の前で、ほっとしている伊賀侍数名】

N「信長の指図もあり信雄は和睦の条件を出し伊賀衆も承諾した。此が第二次伊賀天正の乱である。時に天正九年十月中旬に幕を閉じた。だが此戦《いくさ》は双方に傷を残したのである」

○松ヶ嶋城・茶室・中

茶を飲み干す一益に信雄は愚痴《ぐち》る。

信雄「和睦の後、伊賀の総大将を労《ねぎら》い、人質を気遣うとか、己れが情けない。私の判断で始めたはずが父に振り回されて」

一益、黙って聞いている。

信雄「其に父上もあれ程、残虐に出ておいて、掌《てのひら》を返した様に。今回だけではない。大体父上は御自分から政教分離を唱えておいて、今は自分を神として居るのだ。私にはあの父は解らぬ。気まぐれなのではないか?」

一益、唇《くちびる》を引き締め考えてから話す。

一益「……統治には飴《あめ》と鞭《むち》が必要です。叩《たた》いておいても相手の必要な権益と誇りを保護しさえすれば相手も付いて参ります故。もう一方の事は、私も（首を傾げる）」

信雄、一応頷くが溜息をつく。

信雄「私の無能さを思い知らされただけだな」

一益「其様な事はありませぬ。やった事は糧《かて》となり後で役に立ちます」

信雄、納得のいかない様子。

一益「私も、女との過ちがあったから今日があるのです。あのまま叔父の所にいたら、上様に討たれてましたよ（笑って）」

信雄「女か……」

祥樹の声「女は雪様にどこか似ております」

信雄、思い浮かべる様に遠くを見る。

○柏原城下・某寺・中

圭介はるりと多助を訪れ、ほっとする。

圭介「聞いたやろ、此戦《いくさ》は負けたんやない。信雄等に俺らの恐さを見せつけたったわ」
るり「和睦いうても織田の支配下なんて」
自刃しようとするるりを止める圭介。
圭介「止めろ、な、俺と近江《おうみ》へ行かへんか」
多助は圭介と行きたそうにもする。
るり、首を横に振り決意する様に言う。
るり「此で父母様の菩提《ぼだい》を弔うわ。でも多助は連れて行ってあげて」
圭介「多助は母親代わりのお前の傍がええ」
るり、何とも言えない顔、が一応頷く。
圭介、諦《あきら》め切《き》れない様子。
圭介「るり、惚《ほ》れた男の傍にいたいのやろ」
るり「えっ？（圭介をじっと見つめる）」
眼を逸《そら》し首を横に振り静かに言うるり。

るり「助けて頂いたのに御免なさい。いつか御恩返しはしたい……」
圭介「恩返しなんて気にせんでええ。お前には大切な過去が有る様や。が何も聞かん……」
　圭介、更に物言おうとするが止《や》める。
圭介「（微笑みながら）達者でな」
　振り返り振り返り振り返り別れて行く圭介をるりは多助と見守る。

○某寺・庭先

　身すぼらしい子供達が集まる中、多助は住職と掃除《そうじ》をし額に汗し疲れ顔。
　るりは子供等に木刀の振り方を教えている。
　泣く子供をあやす汚れた着物を着た女達。
るり「（呟き）此は敗戦なのだ、信雄……」
　唇を嚙み、木刀をじっと見つめるるり。
×　　×　　×

イメージ（月明《つきあか》りで照らし出される祥樹の眼）

×　×　×

るりは木刀を握り締め胸に抱く。

○同寺・部屋・中（夜）

るりは、住職、多助や子供達が寝ている枕元に行き住職の傍に置き手紙する。

るり、頭を下げ、そっと部屋を出る。

○松ヶ嶋城・部屋・中（夜）

侍女《じじょ》姿のるり、人の気配に息を潜め、懐剣を取り出そうと構えている。

不審に思い、るりを見つける祥樹。

るり、懐かしい顔するが真顔に戻す。

祥樹「伊賀者か、真逆《まさか》、信雄様を」

祥樹は忍び刀、るりは懐剣で立ち合う。二人の距離が縮まると、るりは笛に仕込んだ吹き矢を使い、祥樹は躱《かわ》すが、

祥樹の心の声「雪姫に似たあのくノ一《と》」

祥樹、攻撃の手を止め、るりを見つめる。

祥樹の艶かしい眼に引き込まれるるり。

祥樹、るりに近付き其腕を摑もうとするが、拒《こば》むるりを引き寄せる。

祥樹「信雄様の陣中でお前を見た」

るり「そうじゃ、……雪じゃ」

祥樹、雪を懐かしそうに優しい眼で見る。

祥樹、改めて畏まり、後ずさりし控える。

雪「女殺しの眼、憎い眼じゃ……」

雪は祥樹の手を取ろうとする。

祥樹「信雄様にお恨みがあったのですか？」

雪「無いといえば嘘になるが強くは無い」

祥樹、小首を傾げる。

雪「伊賀での暮らしは辛くとも生き生きと過ごせた。政《まつりごと》の為、夫を持たされ両家の為に子を生み、自分の為に生きる事はなかった故」

祥樹「(薄笑いを浮かべ)なぜ、お戻りになったのです？　伊賀でお過ごしになればよいものを……」

雪、言葉が出せず、が思い切って言う。

雪「(徐《おもむろ》に)忍びの修業をしながら其方に会っている様であった。其方もこうして修業したのだろうかと、忘れられなかった……」

祥樹、真顔になり雪を見つめる。

雪、祥樹の傍にかがみ強請《ねだ》る様に言う。

雪「いけないと解って居る。でも、其方に抱かれたい……(祥樹の肩に手をあて)」

祥樹、雪に悪戯《いたずら》っぽく微笑むが雪の手を離そうとする。

雪「でもお前は女に達者で、私を面白くないと捨てるであろう。他の女と比べられるのが恐い」

祥樹は艶かしいが男の眼で雪を見る。

雪、恐《こわ》そうに離れ逃げる様に立ち上がる。祥樹も立ち雪の肩に手をかけ、じっくりと雪を見つめ迫る。

雪、後ずさりするが祥樹に手を取られ板戸張りの下へ連れて来られる。板戸を降ろすと階段が現れ登って行く二人。

○武者隠し部屋・中（夜）

携帯蠟燭をつける祥樹、明るくなる。

雪と祥樹は抱き合い横たわる。

祥樹、雪の襟元を開くと雪は少しためらうが構わず雪の唇を吸い両首筋を吸う。祥樹、襟元を更に広げ白い乳房を鷲掴《わしづかみ》し片方の乳首を吸う。

雪「あ、あ、あーん（口を少し開けて）」

祥樹、雪の裾を捲《まく》し上《あ》げると、雪の白い脚の間に指を這《は》わせ弄《まさぐ》る。

体を左右に動かす様にし黒髪を乱す雪。

○松ヶ嶋城・納戸部屋・中

雪と祥樹は悪戯《いたずら》っぽく微笑み合う。

祥樹「此間《このあいだ》は久し振りに会《お》うて言いそびれたんやけど、実はな……」

雪は微笑みながら祥樹の顔を窺う。

× × ×

侍女姿の雪、振り返り祥樹に尋ねる。

雪「(驚き) 誠《まこと》か? ……いやそんなはずは」

動揺する雪に祥樹は思い出す様な顔。

○(回想) 三瀬館《みせやかた》・茶室・中 (朝)

信雄が出てくる。

具教は武士達が去った後、着物を脱いで忍び装束の姿。顔のウコンを拭《ふ》き別人の顔と化す。信雄に控える。

○（回想）山中（夕）

消耗している僧侶姿の具教、自刃しようとするのを僧侶姿の祥樹は止める。

具教「皆は討死《うちじに》の覚悟なのに、私だけが」

祥樹「信長公は雪姫様をお助けになると聞いて居ります。どうか、雪姫様の為にも生きて下さい」

具教、冷静になり考える。

具教「秀雄の命は無いな、北畠の男子だし」

祥樹、答えない。が、具教が喉《のど》を気遣うのを見て、竹筒の水を飲ませる。

具教、美味《うま》そうに飲んだ後、溜息をつく。

具教「はぁ、死にそびれたわ。よし、生き抜いて、信長の死でも見届けてやるか」

具教の言葉に安堵 の祥樹、具教を支えながら脇目もふらず歩き出す。

○松ヶ嶋城・納戸部屋・中

雪は呆然とする。

雪「父上を、信雄殿が……（祥樹にくってかかり）なぜ、其を早く言わぬ？」

祥樹、嫉妬の眼をし不貞腐《ふてくさ》って言う。

祥樹「其を言ったからって、あんたは俺を求めたやろ。信雄様と上手くいってへんかった事、知ってたえ」

雪、祥樹の言葉に瞠目《どうもく》するが視線を下げる。

雪「そう、私が悪いのだ。信雄殿が、私に対して男にならない事を恨《うら》んだ。だが私も勝手だ。別に恋した男でもないのに、いざ拒《こば》まれると」

祥樹「（視線下げ）言い過ぎました。唯、上様への心の葛藤で信雄様は雪姫様どころではなかったのです」

雪は、考え込んでいる、が顔を上げる。

雪、後悔の顔、咄嗟《とっさ》に懐剣を取り出し自刃しようとするのを急ぎ止める祥樹。

雪　「死なせて！」
　祥樹、雪から懐剣を奪い雪の頬を叩く。
祥樹「阿呆な事、止《や》めとき」
　我にかえる雪、頬に手をあてる。
祥樹「死ぬ位なら信雄様に仕えなされ。そして秀雄様の為にも生き抜かれよ」
雪　「秀雄？（再び驚く）」
祥樹「上様がお助けになったのです」
　雪、辛そうに眼を閉じ体を崩し座り込む。
雪　「私は……、私は……（床板を拳で叩き続けながら）子供の事も何も気にしなかった。酷《ひど》い女なのだ……」
　祥樹、雪の許《もと》に座り手を取り慰《なぐさ》める。
祥樹「余り御自分をお責《せ》めにならぬ様。此様にお隠れにならず、信雄様方と御対面を」
　祥樹の頼みに雪も深く頷く。

○松ヶ嶋城・部屋・中

雪が手を取ろうとしても少年秀雄は侍女の後ろに隠れる。何も言えない雪。

信雄が入って来ると雪と祥樹は控える。

信雄「無事で何よりであった」

信雄と雪、懐かしそうに微笑み合う。雪は一瞬、笑みを消し後ろ暗《うしぐら》い様な顔。

信雄「祥樹から聞いた、本当に済まぬ」

雪、一礼するが祥樹を見る。

祥樹、雪を一切見ず畏まり控えている。

信雄は雪に満面の笑みを浮かべる。

雪「(ほっとし)此度《こたび》、上様と殿には、父と秀雄をお助け頂き、有り難うございました」

信雄「(首を横に振り) 父の気まぐれだ」

溜息《ためいき》をし無口になる信雄を察する雪。

雪　「（徐《おもむろ》に）父の存命は嬉しいのですが、父の口から織田攻めの話を聞いた時は、正直、我《わ》が父ながら疎《うと》ましかったのです。子供は親の醜《みにく》い面を見たくないものですもの……」

視線を落とす雪を慰める様に言う信雄。

信雄「北畠の義父《ちち》上は我が父程、戦《いくさ》好きでもないし残虐でもない。我が父は生来《せいらい》の戦《いくさ》好きとみて居る。私とは肌が合わぬのだ」

雪　「子供は親を選べないのが辛い事ですね」

雪に信雄も頷き、二人は沈黙している。

○安土城天主・座敷・中

T「天正十年（一五八二）二月」

【控える家臣の前で、書状から眼を離し、満足そうな顔の信長】

N「確かに信長は再び武田攻めで大詰めに入っていた。先陣した信忠や一益等の奮戦ぶりを知り、悦に入っていた。時に天正十年二月から三月初旬にかけての事であった」

○某寺の陣・中

T「同年三月下旬、諏訪《すわ》・信長の陣」

【上機嫌の信長の前で深く一礼する一益。一益の顔色は暗い】

N「此時、信長も安土城から出陣してきていた。一益を此迄の功績に依り関東管領に任じた。が、一益の心は晴れなかった」

○同陣・中（夕）

武将もいなくなり信長と一益が話す。

一益「（控え目に）私は離れても宜しいのでしょうか？　信雄様から」

信長「充分じゃ、此迄《これまで》、よく支《ささ》えてくれた」

一益「とんでもない事でございます。伊賀攻め折、私の補佐が足らず、上様と信雄様に御迷惑をお掛けしてしまいましたのに……」

信長「（首を横に振り）勝手に信雄が招いた失態じゃ。故に此から彼奴《あやつ》の伊勢、伊賀の統治を静観せねばならぬ」
一益「（納得して）仰せの通りでございます。荒廃した伊賀を立て直して頂かねば」
信長「信雄は自分で制したかったであろう。北畠を背負っている意気込みであった故」
一益「はい、あ、いいえ（戸惑う）」
信長「気遣うな。彼奴《あやつ》は充分北畠者。子供でも、他家に出した子供は、他人よりも他人となる事もある。信雄の方も同じ思いのはず」
一益「（取り繕う様に）秀雄様をお助け下さいました事は感謝なされて居られます」
信長「そこ迄はな……。だが伊賀攻め失敗での叱責《しっせき》で亀裂は入ったろう。他の息子達とも比べたし、やり過ぎたかな……」
後悔の顔の信長に一益は無言で俯く。
信長、一益に告白する様に話し出す。
信長「余は母に命狙《ねら》われる程、嫌われた」

一益、顔を上げて聞き入る。

信長「其は父許《もと》で育ち父色に染まる余《よ》よりも、母許で育ち母色の弟の方が、母は愛しかったからだ」

一益、真顔で信長を見つめ聞いている。

信長「更に余《よ》を差《さ》し置《お》き弟に母や一部の者は家督《かとく》をと謀《はか》った故、弟を手討ちにしたが今にして思えば母の気持ちが解るのだ。自分色の子の方が他人色の子供より愛しい……」

一益、じっと考えてから静かに話す。

一益「上様と御母堂様の事も、上様と信雄様の事も神仏が定めた縁《えにし》であったのでは」

信長、一益に鋭い眼を向けるが、冷静。

信長「神仏の縁《えにし》か……（我に返り苦笑して）其方には話し易いのだな。一益、体を厭《いと》えよ」

信長の微笑みに一益も少し眼を潤ませ一礼する。

○同陣・中（夜）

誰もいない。信雄、一益に寂しい顔。

一益「（察する様に）伊勢、伊賀の事、しっかり治めなさいませ。此からは祥樹を私とお思い遊ばされて使ってやって下さい」

信雄、込み上げる様に叫ぶ。

信雄「其方と私は親子以上じゃ、行くな」

眼に涙をためた信雄に、一益は言う。

一益「信雄様との縁《えにし》が良かっただけの事……」

信雄「いや、相性だったのだ。父よりも其方の方が……」

一益、信雄に微笑むが厳しい眼で言う。

一益「上様がどんなに激しい時も逆《さか》らってはなりませぬ。人は弱く複雑な者。信雄様が苦しい時は上様も苦しんで居られます……」

信雄「父上から何か言われたのか？」

一益「信雄様にとって、上様が愛憎相半《あいぞうあいなか》ばの御方であったと、いつかお解りになりましょう。たとえ悪しき縁と思われても、神仏が定めたもの。
耐えて受け入れられれば道は開けます」
信雄の肩に手をかけ、手を握る一益。
一礼して去る一益に信雄は頷き見送る。

○安土城天主・座敷・中
T「天正十年（一五八二）五月」
【真顔の信忠に、晴れやかな顔で詰め寄る信長】
N「大勝利で終えた武田攻めから帰城していた信長は、信孝を四国攻めに遣わし、
信忠には上洛をさせるのである」

○松ヶ嶋城・部屋・中
信雄、書き物の筆を止め、考え事する。
雪、察するがそっと下がろうとすると、

信雄「伊賀攻め失敗が尾を引いておる様だ」

ポツリと呟く信雄を雪は励ます。

雪「昔の事です、御気《おき》になさいますな」

信雄、苛立ち始める。

信雄「誰よりも負担をかけたし、他の兄弟が上手《うま》く立ち回ってると思うと……、北畠で私は関係ないと思おうとしても心乱され……」

雪「もう暫《しばら》く、お待ちになればじきに」

信雄、手元の書を乱し拳を握り苛立つ。

雪が落ちた書を拾っていると、祥樹入室。

雪、書を元通りにし一礼して下がる。

○同城・廊下・中

雪は真剣な顔で考えながら歩いて行く。

○同城・部屋・中

真顔で構える祥樹に信雄は詰め寄る。

信雄「何かあったか、もしや」

祥樹「いえ、実は、具教公が病がちになられて居られるとの事で……」

信雄「（落胆だが驚く）解った。此方《こちら》へお連れしてくれぬか。雪にも会わせたい」

祥樹「承知致しました、御免」

祥樹、一礼し急ぎ去る。

○同城・小部屋・中

T「天正十年（一五八二）五月下旬」

雪、拳を握り、真顔で祥樹に話し出す。

雪「前々から思っていたが私が上様にお話する。殿と上様とが親子として心通いあって頂けないかと。此《この》ままでは出陣の御沙汰は無い」

祥樹「上様からお手討ちにでもなったら」

雪　「覚悟の上じゃ。私の様な者が取り持つ等不遜《ふそん》ではあるが、御二人には御恩《ごおん》がある故」

祥樹「(遮る様に)実は間もなく具教公が此方へお越しになられます。御対面をして頂きたく殿から仰せ仕《つかまつ》って居ります」

雪　「(喜んで)　ならば尚更の事じゃ」

祥樹「(小声)二十九日には、上様も上洛なされ、本能寺へ入られるとの事。この様な時は、お控えなされた方が……」

雪　「本能寺か、其なら却《かえ》ってお話し易い。殿に伝えて欲しい。本能寺に居ると……」

祥樹の眼から艶《なまめ》かしさは消えていく。

祥樹「私は貴方を行かせたくない……」

雪と祥樹見つめ合い、雪は思い出す顔。

○（回想）武者隠し部屋・中（夜）
体を左右に動かす様にし黒髪を乱す雪。
人の足音、祥樹、弄《まさぐ》る指を止める。
祥樹は体を起こし急ぎ階段を降りる。
隠し階段は元に戻され一人残される雪。
身もあらわのまま上半身を静かに起こす雪、眼は潤《うる》み、唇も潤《うるお》っている。

○松ヶ嶋城・小部屋・中
雪は首を横に振り祥樹に構わず言う。
雪「最後迄は無かったといっても殿を裏切って居る。其程、心底から引かれてしまったのだ、其方に」
祥樹「……（雪をじっと見つめる）」
雪「夫に不満、子供も煩《わずら》わしいと男に走って、私は欲望むき出しの獣だ。愚《おろ》かな私に罰《ばち》を与えねば。私等、いつ死んでもよいのだ。困る者等いない（視線を下げる)」

祥樹「私は貴方と再会できて嬉しかった」

雪、視線を上げ祥樹を見つめる。

祥樹は告白する様に真顔で言う。

祥樹「母のいない寂しさを女を抱く事で紛《まぎ》らわして来ました。此様な私の事を思って下さって光栄です」

雪「気遣わないで……」

祥樹「素直に本音《ほんね》を言う真直《まっすぐ》な雪様、私は好きです」

雪はゆっくり打ち掛けを脱《ぬ》ぎ捨て祥樹に抱きつく。求める眼の雪を抱く祥樹。ふと、雪は体を離し思い付いた様に訊《き》く。

雪「其方の故郷で最も慈《いつくし》んだ所を教えてたもれ。京へ行く途中、立ち寄りたい」

祥樹は雪に微笑み頷く。

×　×　×

更に物言おうとする祥樹、が人の気配。

立ち上がる雪。体勢《たいせい》を戻し控える祥樹。

祥樹「具教公とお待ちして居ります」

雪　「(眼が潤む)有り難う。其方とは立ち合いに縁《えん》があったな。良い腕であった。

もし戻る事が出来たなら、また手合わせしたい」

祥樹「恐れながら、私も」

祥樹は艶《なまめ》かしい眼を潤ませ、爽《さわ》やかに去る雪を、真剣な顔で見送る。

○山道（夜）

早馬で駆けて行くくノ一姿の雪。

○甲賀《こうか》（朝）

初夏の朝日を浴びる油日岳《あぶらひだけ》が遠くに見え、杉の木々の中、荘厳な木造建築の油日神社の中を歩き、本殿の外で参拝する雪。

○山頂の某寺の中

T「庚申山広徳寺《こうしんさんこうとくじ》（甲賀《こうか》）」

寺の御堂《おどう》に参拝し上へ登り木々の緑から広がる景色を見る雪。右手に鈴鹿連山、油日岳、左手に水口《みなくち》、遥《はる》かに琵琶湖《びわこ》。

雪「其方は此《ここ》で生まれ修業したのだな」

感動の顔で深呼吸、が眼を潤ませる雪。

○山道

麓へ馬で駆け降りて行くくノ一姿の雪。

○暗い街並（夜）

T「京」

降雨の中、走って行くくノ一姿の雪。

○暗闇

信長、改めてるりを見つめている。

信長「やはり、雪だったな」

雪　「申し訳ございません」

信長、暫《しばら》く黙っているが、静かに言う。

信長「余との事で悩んで男の行為が出来なくなる程、彼奴《あやつ》が脆《もろ》いのだ。気にするな」

雪　「信雄様に其気にさせられないのは私の不徳、私は融通《ゆうずう》がきかぬ愚かな女です」

信長「余《よ》こそそうなっていたかもしれぬ。日承上人の戒《いまし》めを忘れ、神仏になろうとした故、此様な目にあったのだ」

雪、じっと信長を見つめ聞き入る。

信長「信雄の事も後悔しながら甘く見ていた。彼奴《あやつ》は余《よ》を憎んで押し寄せたのでは？」

雪　「けっして其様な事はございません。お疑いならば、此からの信雄様や残った人々の事を見守りましょう」

信長「そして我等が各々の立場で、神仏や神仏の縁《えにし》を冒瀆した罪の償いとしてもな……」

雪と信長は真顔で頷き合う。

○松ヶ嶋城・部屋・中（朝）

T「天正十年（一五八二）六月初旬、本能寺の変後」

血相を変えた家臣に信雄も驚きの顔。

信雄「父上が自刃？　光秀が謀反《むほん》？」

信雄、極度に緊張し、動揺している。

信雄の心の声「あの父が、容易《たやす》く死ぬか？」

○同城・部屋・中

T「其から数日後」

祥樹が急ぎ、入って来て信雄に囁く。

祥樹「北畠の遺臣らも参戦していたそうです」

信雄、少し落ち着き投げ遣《なや》り気味。

信雄「父を恨んでいた者は多い。私も不思議な事に楽になった気もする」

祥樹「(真顔で)めったな事をおっしゃってはいけません。お言葉にはお気を付けて。光秀と同罪にされたら何とされます?」

信雄、うんざりとするが祥樹に頷く。

祥樹「上様の事です、きっと落ち延びておられるはず。私は信雄様をお守りします。まず、甲賀土山《こうかつちやま》で配陣を」

気のりのしない信雄に祥樹は詰め寄る。

祥樹「(真顔で囁き) 光秀を成敗《せいばい》なされては? 伊賀攻めの汚名を挽回《ばんかい》できます」

信雄、じっと考え込む、が拳を握り、立ち上がる。と其時、具教が辛そうだが入って来る。

具教「信長公には生きていて貰わねば。申したい事もある。雪にも会えるかもしれぬ。同行させて欲しい」

信雄「お体にもしもの事がありましたら」

具教「構わぬ。連れて行け」

信雄「雪も恩返し等《など》と言って……。無事だと良いのですが……」

具教「神仏が生かしておこうと思えば、そうして下さるはず。心配するな」

進み出す具教に信雄も祥樹も従う。

○某陣・中（夜）

T「信雄の陣」

雨が降っている。

祥樹が血相を変え、慌てて来る。

祥樹「羽柴軍が光秀を討ったとの事。其に信孝様が加わって居り、織田の仇討《あだう》ちを信孝様が行った様な形になって居ります」

信雄「(舌打ちして) しまった、遅かったか」

信雄、怒りと焦りで苛立ち拳を握る。

信雄「此方《こちら》が先に安土に入る。信孝に入られたら下手《まず》い。いや、あの城を彼奴等《あいつ》に渡す位なら、いっそ……」

祥樹、信雄を見つめ、鋭い眼に変わる。

信雄軍、すぐ陣を出立する。

祥樹、進行の軍団から姿を消す。

○安土城の空 (夜)

天主の空には積乱雲が見える。

遠方で僅《わず》かに雷鳴の音。

○安土城天主から離れた所　（夜）

誰もおらず黒金門《くろがねもん》は開いている。

薄い着物で顔を隠し、るりが消える様に入る。

○安土城天主・五階部屋・中　（夜）

壁面を見つめる圭介、萎《な》えている。

人の気配に忍び刀を構える圭介、驚く。

圭介「るり？」

るり、一瞬、後ずさりするが圭介の優しい眼に落ち着く。

圭介「お前、生きてたのやな、それとも幽霊《ゆうれい》か」

首を横に振るるりに圭介は険しい顔。

圭介「なぜ、信長を助けようとした？」

るり、圭介のその言葉に瞠目《どうもく》するが静かに答える。

るり「信長は我が舅《しゅうと》、夫《おっと》信雄の父や」

圭介は驚くが納得のいく様な顔。
圭介、るりに畏《かしこ》まらず前の様に対話。
圭介「道理で北畠いうと反応したんやな」
るり「此《ここ》で何してるんや？」
圭介「俺はお前を死なせたと苦しんだ、信長を殺しても。仲間の伊賀衆が家康の伊賀越えを手助けするいうのやろか思ったけど」
圭介、唇を噛み拳を握る。
圭介「伊賀が焼かれたのは許せへん。こんな城、抹殺《まっさつ》したろ思うて焼きに来たわ」
るり、圭介を潤んだ眼で見るが断言。
るり「（厳しく）此城の事は舅《しゅうと》にしか解るまい。戦《いくさ》続きの果て宗教の心を忘れた人々に思い起こさせようと建てた信心深い城じゃ」
るり、火薬袋を出し火をつけようとする。
るり「私が焼く。誰にも渡したくない」
圭介「（思わず）ちょっと待ってくれ。此は確かに美しい、浄土の様や」

るりをじっと見つめる圭介。
圭介「一度でいい、お前を抱きたい、此で」
後ずさりするるりに迫っていく圭介。
圭介「雪様であろうと、俺以外の忍びに惚《ほ》れていようと……」
るり、圭介を見つめ考える様な顔。
圭介、るりを引き寄せ髪と頬《ほお》を撫《な》でる。
圭介「温かい、お前は幽霊やない、本物や」
圭介、接吻《せっぷん》しようとするとるりは拒《こば》む。
るり「いや、離して（体を離そうとする）」
圭介はるりの帯に手を掛け解《と》き始める。
るり、帯を解かれ溜息して諦《あきら》めた様に、
るり「脱ぐから、待って」
圭介に背を向け着物を脱ぎ始めるるり。
圭介は生唾《なまつば》を呑み込み見つめるが驚く。

忍び装束の男が振り返る。

祥樹「甲賀《こうか》忍び、油日祥樹（悪戯《いたずら》っぽく）。済まん、騙《だま》して。けど俺は此気《このけ》は無い」

口元に手をあてる祥樹に圭介は怒り顔。

圭介「（膨《ふく》れっ面で）何しに来た？」

祥樹「主《あるじ》、信雄様が此城《このしろ》を誰かに渡す位なら焼きたいという御心《おこころ》。代《かわ》りに焼きに来た」

祥樹、圭介を改めて真顔で見つめ話す。

×　×　×

圭介、拳を握り呟く。

圭介「自分に罰《ばち》をか……（眼を潤ませ）るり、いや、雪姫様、愚かだ」

るりの声「死んでもよい身……なのです」

圭介、唇を噛み祥樹にくってかかる。

圭介「なぜ、止めなんだんや？」

祥樹、頭を下げるのみ。

祥樹「俺が殺したも同然や」
　主介、気を落ち着かせ虚《むな》しそうな顔。
圭介「俺もや」
祥樹「（顔を上げ）此からどないする？」
圭介「俺は忍び。一人で生きる事できる技《わざ》がある。一人歩きや」
祥樹「此技《このわざ》は人に有効に使うて貰うて価値がある。一人では所詮《しょせん》、盗人に陥《おちい》るだけや。家康でも誰でも仕えるんや」
圭介「家康か……、余計な事を、構うな」
　怒る圭介に祥樹は穏《おだ》やかに言う。
祥樹「こうして会えたのも雪姫様の御縁《ごえん》からや。お前の事は気になる」
　圭介、嫉妬《しっと》深い眼を逸《そら》す。
　祥樹、しみじみと話し出す。
祥樹「伊賀は不幸にも先の戦《いくさ》で信長公の軍門に下った甲賀《こうか》と戦うはめになった。昔は同盟国やったのにな」

　　　　圭介は祥樹を見つめ、後を続ける様に、
圭介「長享元年《ちょうきょう》に甲賀《こうか》が仕える六角様を助ける為、足利義尚《よしひさ》を討つのに協力したとか」
祥樹「もはや国は無理かもしれん、でも一人ひとりが手を握り合《お》うてもよいのやないか？」
　　　　圭介、じっと考え込み頷く、が言う。
圭介「一理あるけど、俺は俺でやって行く」
　　　　祥樹、一応頷き圭介と握手しようとすると其時、地震の様な震動。雷の鋭い音。
圭介「地震か？」
祥樹「落雷や！」
　　　　柱に火が走り、猛火になり燃え出す。
祥樹「此《こ》に《こ》居たら焼け死ぬえ」
圭介「どないして出る？」

祥樹「台所口から湖《うみ》へ出る、急げ！」
猛速度《スピード》で走り斜面道を降りて行く二人。

○城山の麓《ふもと》に入り込む湖（琵琶湖の一部）

T「伊庭内湖《いばないこ》」

二人は舟で急ぎ逃げ去る。

○湖面

【逃げ去る舟の後ろ姿を微笑み合掌して見送る雪が立っている】

N「やがて此から二年後の小牧・長久手《ながくて》の戦で信雄・家康連合軍の中、二人は再会する事になろう。二人の幸を祈る雪が導いたといえるかもしれない」

○安土城下町外れ《あづちじょうかまちはずれ》（夜）

夜空に安土城天主から炎が上がる。

離れて見ている信雄、馬を降りほっとする顔。笑いを浮かべる。

信雄「城が燃えるのが此程、美しいとは」

傍に具教が来ていて、信雄と見ている。

信雄と具教、微笑む雪の姿を見る。

消える雪を二人が追おうとしても動けない。一陣の風が吹き抜ける。

愕然《がくぜん》とし、力を落とす信雄と具教。

具教「信長公も雪も生きては居るまい」

信雄、思わず眼を潤ませ拳を握る。

信雄「雪……、父上……」

具教「心ならずも其方とは敵でもあったが、雪と秀雄を慈《いつくし》んでくれた事、礼を申す」

首を横に振り体を震わせ項垂《うなだ》れる信雄。

信雄「お役に立てませんでした。其に父の御無礼をどうかお許し下さい」

具教、病の体を奮《ふる》い立たせ冷静に話す。

具教「元はといえば我が弟の裏切りから北畠の滅亡は起きた。血縁《けつえん》とは厄介な物。他人との縁《えにし》の方が良い事もある」

信雄の肩に手を掛け微笑む具教。

信雄「義父上《ちちうえ》との縁《えにし》が良かったのでしょう」

具教、焼ける天主を見つめている。

具教「信長公と共に城迄、召されるのか神仏は……、惜しいのう、此程《これほど》の城を」

寂しそうな信雄に具教はゆっくりと告白。

具教「信長公に私は、人としても負けたのだ。高貴な私とは、縁《えん》無き衆生《しゅじょう》と思おうとしてはみても、人心を掌握して、増々、超えて行く。認めたくなくて。ふと武田の誘いで悪魔の心からか阻《はば》みたくなり、嫌な男になっていた」

具教をじっと見つめる信雄。

具教「(信雄に微笑み)私も信長公も結局、共に引き分けとなった今だから、此様な事が言えたのかもしれぬが……」

信雄「不可解な父でしたが、もう会えないと思うと、もっと話をして置けば良かったと思います。今頃、こんな事思うなんて……」

一益の声「上様が愛憎相半《あいなか》ばの御方であったといつかお解りになりましょう」

考え込む信雄に具教は話しかける。

具教「私は其方に充分、話せた。思い残す事は無い」

炎上する城に照らし出される信雄と具教。

座を外す具教。

×　×　×

辺りを見回す信雄。

○少し離れた所（夜）

信雄、自刃する具教を見て駆《か》け寄る。

具教、信雄に苦しそうに言う。

具教「秀雄を……、頼む……」

息絶える具教を抱き、泣き続ける信雄。

○安土城天主（夜）

炎は増々、高く夜空を貫いている。

○暗闇

雪は一瞬、ほっとするが項垂《うなだ》れる。

信長は肩を落としているが拳を握る。

信長「今なら信雄とも話が出来るのだが……、他家へ出した者なら其なりに接すればよかったものを。結局、神仏の定めを汚《けが》しただけだ」

日承の声「神仏も信仰も人力を超えるもの。浄土へ行けるには神の裁可《さいか》を潔《いさぎよ》く受け入れる事であろう」

信長、眼を閉じ溜息をする。

信長「解っていたはずなのに、首がどうのと死んだ後の事迄、気にした己が恥ずかしい。潔《いさぎよ》くない余《よ》は、地獄行きじゃ」

首を横に振る雪に構わず信長は微笑む。

信長「雪、さらばだ」
雪「お待ち下さい。あの、御義父上《おちちうえ》……」
信長は、ふと優しい眼で雪を見る。
雪「私が義父上《ちちうえ》様の罪も背負って参ります。義父上様は信雄様の事、見守って差し上げて下さい」
信長、物言おうとするが雪の真顔に黙る。
信長「解った。だが、余《よ》も後から必《かなら》ず行く」
信長に見送られ、雪は一人歩き出す。
信長は正面を向き何かを見守る様な顔。

○**街道**

【信雄軍がゆっくり進んで行く中、馬上の信雄は真剣な顔で前方を見つめて進む】

N「此後、信雄は秀吉と家康との間で煽《おだ》てと屈辱《くつじょく》に翻弄《ほんろう》されながらも生き抜き平成の世迄も子孫が残る家系の祖となる」

○安土城・伝長谷川秀一邸跡《でんはせがわひでかずていあと》

【伝長谷川秀一邸跡に四体の五輪塔が建立《こんりゅう》されている】

N「信雄の子孫は二藩に分かれ、山形天童藩と兵庫柏原《かいばら》藩となる。後者の四代目迄の当主の供養塔が、安土城内の伝長谷川秀一邸跡に建立されている。信長の霊が呼んだのであろうか」

○暗闇

【途中足を止め正面を向き微笑み、再び背を向け歩いて行く雪】

N「雪は、せめて信雄、祥樹、圭介等に幸《さち》あれと地獄へ旅立って行くのであった」

○金剛鈴《こんごうすず》の音（〝金剛鈴〟或は〝持ち鈴〟と呼ばれる。此《これ》はお遍路さんや巡礼者の持つ道具で、手に持って揺らすと、チリーンと音を立てる。〝霊を迎える〟とか〝動物・虫よけ〟の意味がある。難行苦行の旅に出る様な、雪と信長のイメージに合わせ、ここでは、効果音として使用）

（完）

あとがき

この作品の基《もと》は、死後、幽霊となった信長と絆を深め後を託された秀吉の喜びを表す短い話でした。其の後、物語の周辺人物等を詳しく調べていくなかで、信長の次男信雄《のぶかつ》、其の妻・雪《ゆき》の存在を知りました。そして、信雄を調べていくと、彼の引き起こした天正伊賀の乱にいき当り、その関連で、甲賀《こうか》、伊賀忍びへと導かれて行ったのです。

作品を作成する過程で、現地での取材と見学が必要となり、旅に出ました。訪れた先は、忍び発祥地の甲賀《こうか》、伊賀地方と滋賀県水口《みなくち》町、北畠家にゆかりある三重県美杉《みすぎ》村上多気《かみたげ》と大台町三瀬谷《おおだいちょうみせだに》地区、そして名張《なばり》市、信長にゆかりある滋賀県安土《あづち》町、京都蓮臺山《れんだいさん》阿弥陀寺や現在の本能寺と旧本能寺跡（「本能寺の変」当時の寺跡・現地名は油小路蛸薬師《あぶらのこうじたこやくし》で、現在は本能小学校が建っている）等です。現地では、歴史研究家の方々や、伺った歴史建造物や資料館に関わりのある方々、又、地元の方々からお話を賜わり、大変、勉強させて頂きました。

先述の信雄の妻・雪の事ですが、文献によっては、後年、越前の大野城主となった織田秀雄（一五八三〜一六一〇・八・八）の方から調べていくと、雪は彼の母親であるとは証明されにくいようです。しかし、文献によっては、「具教の息子・具房の妹で、信雄の妻・秀雄の母」という系図も記され、更に『北畠法名集』と『北畠氏系図』では、彼女の戒名や死亡年月日（一五七六・十一・二十五もしくは十一・二十八）、及び正式名、「千代御前《ちよごぜん》」あるいは「千代前《ちよまえ》」が記されており、彼女が実在した幾つかの史実が存在します。ただし北畠氏の歴史的な記録も確実なものは余り残っていないといわれています。唯、北畠氏の地元の美杉村では「雪姫伝説」が存在し、更に「やがて雪姫さまは身籠り、めでたく男子（織田秀雄）を出産…」と地元の民話集『美杉村のはなし』（四一二頁、坂本幸著、一九九七年）にも載っていることから、本書では、これらの言い伝えを参考にして物語を展開しました。

ところで、この作品は、出版物として出す事に、ためらいがありました。唯、長い歳月をかけ、私としては悔いは無い程、全力で仕上げたのですが、思う様な評価が得られず、壁につき当たって居りました。そんな時、文芸社での出版という機会を頂きました。

元々、それ迄に地元で御指導を賜わった方々に、どの様な作品に仕上がったか、御報告をせねばとは思って居りましたし、私の様な微力な者が不遜《ふそん》ではありますが、細《ささ》やかでも何か地元にお役に立てたらという気持ちもありました。更に、私事ではありますが、まだ子供が出来ませんので、自分の血を残していけない代わりに、この作品を残しておきたいなど、色々、悩んだり熟慮した上で、一生の思い出にと、出版させて頂く事に決めました。

この作品を完成する迄には、本当に多くの方々の御指導と御支えがありました。最も御指導を賜わりましたのは、忍術研究家・柚木俊一郎《ゆのきしゅんいちろう》先生です。柚木先生には、度々、お忙しい中、御指導を賜わりまして、心より感謝致し、御礼申し上げたいと存じます。

更に他の皆々様にも、ここに感謝と御礼を込めまして、御氏名と御所属等を五十音順に御紹介させて頂きます。（以下、失礼ながら敬称等略させて頂きます）

柚木俊一郎《ゆのきしゅんいちろう》（甲賀《こうか》の里「忍術村」村長）

岩橋隆浩《いわはしたかひろ》（安土城郭調査研究所主任技師）

岡田正人《おかだまさひと》（歴史研究家）

小泉順邦《こいずみよりくに》（法華宗大本山本能寺大宝殿事務主任）
靜永史範《しずながしはん》（徳永寺住職・三重県柘植《つげ》）
瀬古吉孝《せこよしたか》（油日《あぶらひ》神社宮司・滋賀県甲賀《こうか》町油日《あぶらひ》）
林《はやし》　春信《はるのぶ》（近江タクシー㈱水口《みなくち》営業所観光部）
松下《まつした》　浩《ひろし》（安土城郭調査研究所主任技師）
三浦皎英《みうらこうえい》（櫟野寺《らくやじ》老僧・滋賀県甲賀《こうか》町櫟野《いちの》）
宮﨑《みやざき》久美子《くみこ》（北畠神社宮司令室・三重県美杉村上多気《かみたげ》）
山下芳弘《やましたよしひろ》（㈱近江タクシー湖東《ことう》）
山本《やまもと》　光《ひかり》（㈱新人物往来社別冊歴史読本編集部）
吉田《よしだ》　務《つとむ》（弥栄《やさか》自動車㈱山科《やましな》営業センター班長）
若山文美《わかやまあやみ》（蓮臺山《れんだいさん》阿弥陀寺住職令孫・京都市上京区寺町《かみぎょうくてらまち》）

また、御同様にお世話になりました資料館、史蹟等の御紹介もさせて頂きます。

赤目四十八滝渓谷保勝会《あかめしじゅうはちたきけいこくほしょうかい》―日本サンショウウオセンター、安土町役場、安土城天主信長

の館、安土町立城郭資料館、安土町立図書館、伊賀町役場、伊賀流忍者博物館、上野《うえの》市役所、上野城、大台町役場（企画課・観光協会）、大津市役所、大津市歴史博物館、大野市歴史民俗資料館、おへんろ交流サロン（さぬき市教育委員会）、京都市歴史資料館、京都府立総合資料館、甲賀《こうか》町役場、甲賀《こうか》町立歴史民俗資料館、甲賀《こうか》忍術博物館、甲賀《こうか》の里忍術村、甲賀《こうか》流忍術屋敷、滋賀県安土城郭調査研究所、滋賀県立安土城考古博物館、津市教育委員会、名張市、名張市教育委員会生涯学習課、二條陣屋、法華宗大本山本能寺宝物館、美杉ふるさと資料館、美杉村役場、水口町役場、水口町役場総務課自治体史編纂準備室、水口町立水口城資料館、水口町立歴史民俗資料館、元離宮二条城

更に、宿泊等でお世話になり、又、おいしく飲食させて頂きましたお所を五十音順に御紹介させて頂きます。

上野フレックスホテル（上野市）、京都全日空ホテル（京都二条城前）、スウィートシーズン（JR近江八幡駅前のお食事喫茶店）、ホテルニューオウミ（近江八幡市）、水口センチュリーホテル（水口町）、ラーメン大宝《たいほう》（甲賀《こうか》町大原市場《おおはらいちば》のラーメン店）

因《ちなみ》に、表紙カバーの図案は、作品の関連から地元の皆様への敬意を表し、甲賀町の花つつじ、伊賀町の花さつき「ハカタシロ」（伊賀町役場提供）、上野市の花はぎ、名張市の花ききょう、織田木瓜《もっこう》家紋、北畠の正式な家紋笹龍胆《ささりんどう》を使わさせて頂いて居ります。

以上、作品と出版して頂いた事情と御指導を賜わった方々や御世話になった関係先様等の御紹介をさせて頂きました。

もし、御一読頂けましたなら、これからの勉強のため、御意見、御指摘等、頂けましたら光栄でございます。

最後になりましたが、私の拙い作品を御書店に置いて頂ける迄に、御指導と御尽力を賜わりました文芸社スタッフの皆々様に、心より感謝と御礼を申し上げます。

本当にありがとうございました。

平成十四年（二〇〇二）五月吉日

〈参考文献〉

『信長公記』（奥野高広、岩沢愿彦＝校注、角川書店、一九六九年）
『織田信長総合事典』（岡田正人編著、雄山閣出版、一九九九年）
『織田家の人びと』（小和田哲男著、河出書房、一九九一年）
『考証織田信長事典』（西ヶ谷恭弘著、東京堂出版、二〇〇〇年）
『歴史読本・織田一族のなぞ』（「次男信雄」今村　実、新人物往来社、一九八六年）
『別冊歴史読本・織田信長軍団一〇〇人の武将』（「滝川一益」柚木俊一郎、新人物往来社、一九九〇年）
『別冊歴史読本・戦国城盗り出世大名』（「滝川一益」徳永真一郎、新人物往来社、一九九二年）
『歴史群像シリーズ㊿元亀信長戦記』（学習研究社、一九九八年）
『日本城郭大系第十一巻』（「甲賀武士団の城郭」柚木俊一郎、新人物往来社、一九八〇年）
『別冊歴史読本・戦国風雲　忍びの里』（新人物往来社、一九九九年）
『忍びの謎・戦国影の軍団の真実』（戸部新十郎著、ＰＨＰ研究所、二〇〇〇年）

『伊賀上忍の連載エッセイ』（「遥かなる上忍への道！」池田裕著、インパク、二〇〇一年～）
『伊賀流忍者秘伝之書・煙《けぶ》りの末』（黒井宏光著、上野市観光協会、一九九九年）
『伊賀天正の乱』（横山高治著、新風書房、一九九五年）
『民話と歴史・美杉村のはなし』（坂本　幸著、一九九七年）
『伊勢北畠一族』（加地宏江著、新人物往来社、一九九四年）
『阿弥陀寺由緒略記』（阿弥陀寺・由来書）
『本能寺』（桃井観城原著、本能寺史編纂会、大本山本能寺、一九七一年）
『油日詣で』（油日神社々務所・由来書）
『櫟野寺』（櫟野寺・由来書）
『戦国大名と天皇』（今谷　明著、講談社、二〇〇一年）
『天皇はどこから来たか』（長部日出雄著、新潮社、二〇〇一年）
『特別史跡安土城跡』（滋賀県安土城郭調査研究所編集・発行、二〇〇一年）
『常設展示解説』（滋賀県安土城考古博物館編集・発行、一九九五年）
『安土町立城郭資料館』（滋賀県安土町発行、一九九〇年）

『復元安土城天主――南蛮風唐様デザイン』（内藤　昌監修、安土城天主・信長の館発行、一九九九年）
『織田信長と安土城』（秋田裕毅著、創元社、一九九〇年）
『歴史街道』（「華麗なる城に何を託したか」内藤　昌著、ＰＨＰ研究所、二〇〇一年）
『池宮彰一郎　戦国歴史舞台を歩く』（中根正義編集、毎日新聞社、二〇〇一年）
『日経ビジネス』（連載「信長」童門冬二、日経ＢＰ社、二〇〇一年～）

著者プロフィール

櫻井 雅子（さくらい まさこ）

愛知県名古屋市生まれ。日本女子大学大学院文学研究科修士修了。大学の助手等を経て、現在主婦。シナリオ創作を学んでいる。

縁 えにし

2002年7月15日　初版第1刷発行

著　者　櫻井 雅子
発行者　瓜谷 綱延
発行所　株式会社　文芸社
〒160-0022　東京都新宿区新宿1-10-1
電話　03-5369-3060（編集）
03-5369-2299（販売）
振替　00190-8-728265
印刷所　株式会社 フクイン

ISBN4-8355-4014-X C0093